2001 作者携夫人与著名越剧名家徐玉兰、王文娟在上海外滩合影

2006 年作者次女郑霜枝陪同二老游欧洲，在法国凯旋门前合影

1980 年 6 月浙江省第二次文代会诗歌作者合影

80 年代作者与上海华东师大教授苏渊雷先生交流文艺创问题

作者出版过的部分书籍

鄭立于文集

谢雲題

各类诗歌

第四卷

郑立于 著

浙江工商大学出版社
ZHEJIANG GONGSHANG UNIVERSITY PRESS

图书在版编目(CIP)数据

郑立于文集. 第四卷，各类诗歌 / 郑立于著. — 杭州 ：浙江工商大学出版社，2016.9

ISBN 978-7-5178-1696-6

Ⅰ. ①郑… Ⅱ. ①郑… Ⅲ. ①郑立于—文集②诗集—中国—当代 Ⅳ. ①I217.2

中国版本图书馆 CIP 数据核字(2016)第 149070 号

郑立于文集

——第四卷　各类诗歌

郑立于 著

责任编辑　黄静芬
封面设计　叶　斌　林朦朦
责任印制　包建辉
出版发行　浙江工商大学出版社
(杭州市教工路 198 号　邮政编码 310012)
(E-mail:zjgsupress@163.com)
(网址:http://www.zjgsupress.com)
电话:0571-88904980,88831806(传真)
排　　版　杭州朝曦图文设计有限公司
印　　刷　虎彩印艺股份有限公司
开　　本　710mm×1000mm　1/16
印　　张　153.25
字　　数　2725.2 千
版 印 次　2016 年 9 月第 1 版　2016 年 9 月第 1 次印刷
书　　号　ISBN 978-7-5178-1696-6
总 定 价　350.00 元(共 8 册)

浙江工商大学出版社营销部邮购电话　0571-88904970

目　录

CONTENTS

第一部分　无名英雄传

第二部分　各类诗歌

第三部分 郑立于短诗选

第四部分 百鸟诗集

第四卷　各类诗歌

第四卷　各类诗歌

第五部分　附　录

第一部分

无名英雄传

无名英雄传(长诗)

浙闽赣边界的一座烈士公墓的墓碑上刻着一行闪光的字:土老同志,江西人,不知道真实姓名,1941 年壮烈牺牲。

红日烧碧空,
青山涌绿波,
烈士墓前久久立,
思潮在起伏:

百家姓谱里,
是否有姓土,
土老年纪有多大?
可曾六十出?

生前有照片?
料想形象挺威武;
何不留下姓和名,
革命征途多匆促!

生着为了啥?
死去为什么?
“?”号纵横如镣铐,
把我心扉锁。

仰头问悬崖,
悬崖屹立在沉默,
墓旁劲松在聆听,
摇手不愿说。

山高水流急，
询问心切步如梭，
千家万户一个音：
土老咱挺熟。

听说他是江西人，
井冈山脚住，
土里生来土里长，
从小受尽苦。

父母早惨死，
掷狗没有一块土，
地主老财如豺狼，
把他抵田租。

天平秤不平，
人牛睡一铺，
诉不完的阶级仇，
走不尽的泥泞路。

一九二七年，
八一擂战鼓，
毛主席举旗上井冈，
点起万把革命火。

山山烟雾消，
水水唱凯歌，
天变高来地变厚，
万众齐欢呼。

井冈红旗飘，
心中红日出，
红的年代红的路，

孤儿加入红队伍。

主席手一挥，
革命火种天下播，
红小鬼转战到浙闽，
幼苗成大树。

树杆一般的胳膊，
黑里透红的肌肤，
土布衣裳正合身，
蒲鞋自己做。

不懂哆来咪发唆，
爱唱红军歌，
挥动牛鞭打拍子，
令人笑破肚。

为了心换心，
也学少数民族舞，
心情激动脚步乱，
跌倒满身是泥土。

音容打扮到动作，
唯一特点就是土。
石头般坚硬，
泥土般朴素。

土老这称号，
不用考查从何出，
一鸟长鸣百鸟应，
土老谁不熟？

说土也不土，

脚手真勤奋，
脑子挺灵活，
他喝过哪里的水，
那里的话就会说。

拿笔千斤重，
一点一撇不马虎，
共产主义四个字，
写进心窝窝。

领导与战友，
多少话语要记录，
干脆随身带，
统统装进心窝窝。

有位年轻革命者，
不幸被拘捕，
党派土老三人去，
营救战友如救火。

碉堡连关卡，
正如虎穴接狼窝，
没有路条与证件，
如何通得过？

土老眉一皱，
拍拍宽胸脯，
共产党员这身份，
天下通行无所阻！

一人装重病
两人当轿夫，
灯笼挂上竹躺椅，

连夜抬进小城廓，

即将进城时，
便衣警察来搜索，
掏出银元四五枚，
遮住狗耳目。

夜里静悄悄，
翻墙飞进看守所，
里应外合有安排，
难友被救出。

临行留赠言，
不许你们再作恶，
可笑白匪反动派，
心惊胆吓破。

次晨刚集市，
满城新闻如花絮，
红军飞檐又走壁，
闯进看守所。

一声也不响，
难友被救出；
白匪相互狗咬狗，
百姓心中热乎乎。

红军在山上，
铜墙铁壁攻不破，
白匪调兵又遣将，
伺机大反扑。

强令移民难移心，

魔爪拆房屋。
没有房屋宿森林，
充饥有野果。

白匪心肠黑，
漫山森林一把火，
红军钢铁汉，
露天、石洞都能住！

石板冷又硬，
正好炼筋骨，
山珍野味填饱肚，
生活蛮舒服！

白匪一计又一计。
“计口售盐”来封锁，
水长肉来盐长骨，
无盐怎能活！

大伙围着坐，
满腔是怒火。
这道无形封锁线，
应该怎攻破？

土老暗地在思考，
老屋拆掉有基土，
用嘴尝尝咸又涩，
大腿一拍真快活。

三块青石板，
一口大铁锅，
土老领头来煎盐，
盐花绽开一朵朵。

人民的情谊，
阶级的重托，
理想结晶啦，
革命熔炉热千度。

煎盐又炼硝，
火药自己动手做，
土炮吃饱声声吼，
吓得白匪无处躲。

山雀开屏舞，
喜鹊来祝贺，
土老办法真不少，
都是土中出！

一次夜行军，
中途遭埋伏，
为了队伍能脱险，
土老被逮捕。

在敌监狱中，
高声大骂又唱歌，
像一匹野马，
小小牢笼关不住。

在审问室里，
土老什么也不说，
一尊铁塔巍然立，
壮严又威武！

敌人用“老虎”，
一点不在乎，
黄牛战马都骑过，

老虎屁股也要摸。

十指埋钢针，
碧空无云下汗雨，
创造世界靠双手，
指头嵌钢骨！

双手平捆扁担上，
敌人用火烧胳窝，
土老昏迷心明亮，
希望就在火光处。

待到土老醒来时，
摸摸衣襟已撕破，
万万不能丢呀，
里面有张交通图。

正在踌躇中，
敌人伸手来搜索，
土老将它投进嘴，
嚼细吞下肚！

敌人诡计全落空，
个个都发火，
即使只抓一个字，
也要把肚剖！

生命很快要完结，
土老心中有个数，
为了革命为了党，
死了也幸福！

狱中众难友，

将他伤处抚，
问他老家在哪里。
有啥要嘱咐？

淡淡月色中，
土老指头自咬破，
“共产主义万万岁！”
字字殷红似烈火！

夜半月入云，
飘下毛毛雨，
土老高喊口号声，
挺胸昂首迈大步！

从此土老不再回，
血写的字留监狱，
不时犹闻口号声，
铁窗战友人人哭。

有人说，土老是条龙，
蛟龙出海有去处；
有人说，土老是棵松，
埋进土中还能活。

问苍天：生着为了啥？
问大地：死去为什么？
土老虽死英灵在，
英雄史诗刻心窝。

一九四九年，
祖国大地红旗舞，
红旗是先烈血染成，
如今先烈在何处？

土老的一生，
是一本战斗的书，
浙闽人民怀念他，
为他找忠骨。

新中国每一寸土地，
都有先烈的血肉；
新中国每一座山峰，
都是先烈的忠骨。

土老的性格，
如石头般坚强；
土老的感情，
如泥土般朴素。

土老的热血，
已融进祖国的国土，
那山峰的岩石，
就是土老的忠骨！

怀着一片虔诚心，
捧起石头和泥土，
连同满腔炽热爱，
一起埋进烈士墓。

墓碑何止石板镌，
而是人民意志铸，
碑文是首散文诗，
句句字字迸出火。

多少前来瞻仰者，
碑文细细读，
肃立碑前在沉思，

双目泪模糊。

生着为了啥?
死去为什么?
一生不留姓和名,
是谁叫他这样做?

为革命而生,
“伟大”两字照大地;
为革命而死,
“光荣”两字映天宇!

从南昌城头的鏖战,
到直捣南京总统府;
从志愿军渡过鸭绿江,
到保卫祖国一草一木。

一部武装斗争史,
半个世纪转眼过,
无名英雄千千万,
土老是其中一个。

烈士墓前久久立,
紧闭心扉开了锁,
该怎样理解生死观,
该怎样为人民服务!

生为革命生,
死为人民死,
土老不留姓和名,
光辉形象照千古!

（这首叙事诗刊于 1978 年第 7 期《浙江文艺》，初稿曾在唐向青主持的诗歌创作座谈会上讨论过，引起老诗人方令孺、陈山先生以及张往等诗友的注意与赞扬。）

第二部分

各类诗歌

撑筏工人

木筏放下溪滩，
一篙撑退三重山，
再来一个鲤鱼摆尾，
在万丈高崖底下转弯。

放粗喉咙喊声前进，
千山万谷齐回应，
惊起栖乌阵阵，
淹没裂岸涛声。

是什么动力把他的心牵引，
从险峻的峡谷到遥远的海滨，
用无限空间测量自己的信念，
永远是时代浪潮的排头兵！

方石碑

修筑公路填路基，
发现一块方石碑，
一条深沟为公界，
左右两字陈与李。

就是这方石碑，
二十年前埋下地，
石碑埋下千年恨。
此刻又引人去回忆：

陈李本来共饮一溪水，
溪水流进稻田里。
当时山山水水都争姓，
陈李两村成仇敌。

有一年天旱为争水，
陈李两族持刀两岸立，
一场混战溪流血，
淙淙山泉长叹息。

动过刀枪用笔墨，
官司打到省城里，
穿长衫的肚填饱，
戴箬笠的家如洗。

结果溪中竖石碑，

溪南溪北分天地，
流不完的血与泪呵，
舅甥相逢不相识。

如今人民公社里，
分什么你姓陈来我姓李，
两村互助又互让，
共用一部抽水机。

两村人同意把界碑改为里程碑，
美好征途从此起。
身在社里爱社里，
永不忘苦难的过去！

老区风情

这是浙南老革命根据地一位老大爷亲口对我讲的：

泪

离别，
或许就是永别。
脸上笑影，
喉咙梗塞，
满肚子的话，
把一颗心挤裂。
沉默的欢送，
显得格外亲热。

相逢，
彼此反而陌生。
是真实，
还是梦境？
多少风险，
多少盼望，
多少荣幸，
只化作热泪四行。

笑

十指埋钢针，
——不开口；
鼻孔灌酒精，
——不开口；

滚滚油锅放眼前，
哈哈大笑，
仿佛高站海岸望日出，
迎接光明来到。

哈哈哈，笑得好！
蒋记的国民党招牌，
在笑的浪潮中，
淹没了！

水与松林

凤山是只凤，
展翅欲飞群山中，
两块巨岩是眼睛，
夜夜放光明。

昔日阴阳先生下毒心，
挖了凤眼睛。
凤眼日夜流血泪，
山腰流泉浑不清。

“何时流泉清，
天下才太平！”
好像石碑刻圣旨，
竖在个个老乡心。

一年流去又一年，
年年水不清，
家破燕飞去，
流泉伴奏病中吟。

党派红军驻这里，
巧是一九三九年春，

山腰挖口大圆井，
老乡上山造松林。

春去春回几载，
秃山留发成绿荫，
藻间游鱼三两，
吐泡冲破明镜。

每逢热天，
井边尽是乘凉人，
纵谈凤山传说，
老人来下结论：

党是山中水，
群众为松林，
水养松林松林茂，
松林保水水冽清？

给播音员

你在同一个时间里，
跟千万位朋友谈心。
不认得你的容貌，
最熟悉你的声音。
是你带来祖国前进的信息，
打动了人们的心灵；
是你传播丰富的知识，
开放了人们智慧的窗灵。
是，亲爱的播音员，
你是社会主义建设的太空通讯兵！

倒　影

哥站船头捞乌金，
妹在岸上挑白银。

水底蓝天妹奔行，
双眼对哥表深情；
为把乌金捞上岸，
狠心戳碎妹倒影。
河南传来山歌声，
寄意与妹比干劲；
妹挑重担默无言，
瞅哥倒影赶一程。
水中倒映两身影，
两个倒影一颗心！
注：捞乌金指挖黑色的河泥。白银指肥田粉。

南宁印象

街在花园中
花园在街中

街如削壁山峰两旁排列
晨昏阴影长得互不重叠

花园圈着花园
圈住了幽静、滋润、新鲜

没有古老的框
马路展开了翅膀

浓妆的村姑站在绿毯上
太阳的给予加倍丽亮……

写在农村教育展览馆上(四首)

卖身契

白纸，
黑字。

白纸被逼做红媒，
夺去一个贫农的女孩。
黑字行行如镣铐，
锁住幼嫩的心身入水牢……

白纸发黄黄转白，
浑浊岁月换了新时代。

这个女孩是死去还是成人?
请看旁边大红工作证。

造纸厂技工李彩云，
像上的皱纹萌青春。

她那份批判“克已复礼”的发言稿，
闻得见火药味，听得见咆哮声：

要手中的纸张化为的炮弹，
将旧社会的阴谋诡计揭穿!
愿天下所有纸张不再当卖身契，
画最美的画，写最好的诗!

秤

秤出，九十斤当一百另一，
秤入，一百斤就有一百十七。

那秤杆里暗藏的水银黑心，
就是代表地主资产阶级。

他们吸吮穷人的血汗骨髓，
就是根据这条法权的“公理”。

多少人为了推翻这条“公理”，
秤锤飞来脑壳裂。

那冰冷秤锤上的黑斑点，
就是咱阶级兄弟的血迹。

沉重的秤锤挂在玻璃柜内，
仇恨的种子埋在参观者心里。

有人要用这条法权“公理”再压我们，
不管来势多凶，我们要坚决反击！

枣木棍

挣扎在生命线上，
你跟你主人一起奔走。

走过多少崎岖小路，
打退多少恶狼野狗。

蹑过多少独木桥，
越过多少陡岭与深沟。

熬过多少饥饿的日夜，
度过多少灾难的春秋。

新中国成立后，主人成为国家的主人，
你却在展览馆里坚持战斗。

天地人和谐之际，
你激发人们走在前头。

有人正道不走走歪道，
你大喊一声：那条路不能走！

主人的孩子，戴上红色的袖章，
你也加入了时代前进的洪流。

现身宣讲血泪凝成的家史，
是激励人们继续前进，或是怀旧？

有人身在福中不知福，
你叫他不能忘记阶级仇。

有人心怀恶意说什么“今不如昔”，
你疾呼一声：警惕你思想上长了毒瘤！

两张床

四脚埋下地，绳索串结蛛蜘网，
半爿破席几根草，铺起一张床。

一合眼，梦见满天雪花扬，
赤膊被抛进冰冷的海洋。

睡在另一张床，飘飘杳杳上天堂，
天池荷花正开放，清风送芬芳。

猛醒来，原是新床樟木香；
缎被面上的百鸟，齐把新生活歌唱！

赤脚书记传家宝(三首)

扁　担

挑走昔日苦难，
挑来幸福今年；
挑走一穷二白，
挑来金山银山。
无产阶级铁扁担，
不论重量论贡献。
为祖国，为人民，
两头重担挑一肩！

锄　头

铲除野花毒草，
铲除万恶“私”字，
掘平崎岖道路，
挖掉“修”的根子。
锄头是笔地作纸，
日日月月写诗词，
“笔杆”永远不离手，
抒写赤脚书记凌云志！

箬　笠

沐浴世纪霞光，
经受时代风雨，
挡着严寒酷热，
顶住歪风邪气。

尖尖笠顶擎蓝天，
园园笠沿盖着地，
顶天立地干革命，
永远前进，永远胜利！

洞头岛风情(三首)

水天共一色，
东海宽无边，
岛上纵横数百里，
宛如一只大石船。

石船飘不去，
抛锚千万年，
污泥浊水随潮退，
龟蛇两山锁云烟。

石上种庄稼
礁旁捕鱼鲜，
石路石屋石码头，
石的哨楼石枪眼。

石本天生成，
为人作贡献，
人虽一代换一代，
石的脾性永不变。

人长海岛上，
志比顽石坚，
不怕天黑雨来骤，
何惧浪头啥风险。

叩石声铮铮，
似人在发言：

祖国海疆咱守卫，
根根石柱擎蓝天！

给女子民兵连

枪响群山应，
压住惊涛声，
您们整装在打靶，
队伍如雁行。

飘飞碧波上，
潜入水晶宫，
您们如鸥在戏水，
万里量征程。

东村号角急，
漫天冒火星，
您们如鹰攀高处，
灭火保安宁。

偶遇风转时，
有人眉锁紧，
您们如鹂切切语，
心头驱愁云。

姐妹办婚事，
枕上绣深情，
雁鸥鹰鹏随人去，
处处笛鸣声！

土兽医

头顶凝着白霜，
额角泛起细浪，

登高山犹如上楼房，
脚步咚咚响。

人在山腰行走，
声随白云飘荡，
百鸟鸣声装在短笛里，
一听，就知道是“土兽医”老王。

老王前半世，
生活多凄凉：
从小在牛屁股后面长大，
大了又替地主到福州卖羊。

如今是畜牧场兽厂员，
为社会主义贡献力量，
既管田间生产，
又管猪兔牛羊。

家畜的生命就是他的生命，
家畜的痛痒就是他的痛痒，
长期的探索、钻研，
能为家畜治病开方。

听了羊羔吁吁叫声，
就能断定它是否健康；
看过猪猡的耳朵络脉，
就能深知它的五腑六脏。

那生茧结疤的手，
比温度计还要高强，
插进牛的嘴巴，
就能诊断它的症状。

漫山遍野，林间河旁，
是他的天然大药房，
人们不知名的野草，
他却珍贵地往药袋里装。

老王人老爱时兴，
处处学习新花样，
最近已学会注射法，
还在药袋上缀着四个大红字：
“六畜兴旺”！

百鸟争鸣(三首)

黑乌鸦(外一首)

喜鹊报喜我报忧，
喜鹊赞美我说丑，
各人任务不相同，
万物生长有根由。
东方欢乐西方愁，
白宫丑事满城楼，
报忧任务急需做，
我们都往美国走。

驼　鸟

从小长大在沙漠，
高高个子多威武。
为避风沙和暴雨，
头插沙土露屁股。
美帝也学我的样，
头钻土里假糊涂。
中国巨人站眼前，
摇头摆尾硬说无。

（原刊浙江《俱乐部》）

四岸挂银铃

水亭乡长山村民利用田岸种棉花，获得好收成。
田里铺黄金，
田岸挂银铃。

姑娘采银铃，
双手忙不停。
山歌轻轻哼，
一颗心飞腾，
仿佛在眼前，
有幅动人景：
银铃装满车，
鸣笛开进城。
弹棉机转动，
团团似白云。
机下众织女，
巧制锦衣裙。
欢乐度佳节，
男女衣服新。
新衣得温暖，
不忘种棉人。

民办公园

从北京回来的
用信用社的存折
剪一段颐和园的回廊
从长沙回来的
用农业银行的存款单
刻一座仿制的爱晚亭
从苏州回来的
在烟波浩渺的太湖中
捉来狮子林的石狮
从广州回来的
在南国的花木苗圃里
搞来四季的春天
从不出门的老大娘
给亭顶的盘龙贴上真金
让多年积蓄的理想永远闪光

稚气十足的孩子们
用目光纺织防护网
守住美的摇篮
名山大川的景观
列队走进这座公园
走向祖国的四面八方

北雁荡抒情(二首)

天柱峰

天下奇峰千千万，
您最浑厚而雄伟，
矗立东方地平线，
擎着天宇天不坠。

顶天立地多少年，
驾驭闪电与惊雷，
右的烟，左的雾，
在您的脚底踩退！

有时洪流来天外，
夹着顽石把您摧，
您巍然不动稳如山，
顽石撞得浑身碎。

天柱峰啊象征党，
给人力量与智慧，
瞻仰天柱心向党，
革命到底不掉队！

南雁石笔峰

石笔峰呵石笔峰，
千万万年不能动，
攀满野藤青苔，

一张白纸空空。
如今江山人民坐，
石笔掌在咱手中，
彩霞为墨天作纸，
挥笔大书：东方红！

为我省第一本小小说选的出世而欢呼

打开邮递员同志送来的包裹，
欣悉《白天和夜晚》出世了。
她是我省第一本小小说选，
我为她的出世而手舞足蹈。

七万七千字一口气读完，
一点也不感到乏味或疲劳，
只因在书中丰富多彩的内容里，
看到了我省迅猛发展的雄伟面貌。
谷新伯，锡昌伯，老铁头，
女炉长，“三将军”，“百子炮”，
读完书合起来默默回味，
眼前历历看到他们的形影欢笑。

回头阅读第三遍的时候，
如口含橄榄越尝越有味道，
她，既是小说又如散文诗，
新颖朴素，生动活泼，精悍短小。

蓝色的天空飘着银白色的浪涛，
高举红旗的英雄骑着骏马腾空飞跃，
为一幅封面形象地概括了主题内容，
它确实为这本小小说选添色不少！
小小说选《白天和夜晚》出世了，
我为她的出世而欢呼雀跃！
她为我省小小说大丰收揭开序幕，

她为文学创作开辟了宽广的大道！

（刊于浙江文艺期刊）

矾矿工人之歌

矾矿工人呵志坚胆大，
打进地球肚里安下家，
挖出矾石如小山，
双手一捏便成砂，
连同穷的根苦的渣，
投进烈火中熔化。

矾矿工人呵胸怀天下，
注视世纪风云的变化，
战斗在地层深处最有体会，
咱矿工五湖四海如一家，
结晶池里四季春长在，
盛开朵朵团结花。

矾矿工人呵光明正大，
正如晶莹产品放光华，
喜欢肝胆共相见，
痛恨阴谋与虞诈，
泥鳅妄图翻天掀浊浪，
明矾澄清辨真假。

矾矿工人呵手艺不差，
金属彩线精心扎，
扎座北京天安门，
扎个延安大宝塔，
缀上亿万颗幸福的泪珠，
献给世上喜爱明矾艺品的人家！

启明星颂
为纪念毛主席“延安文艺座谈会的讲话”发表二十周年而作

启明星已出现二十年，
我在十二年前才望见，
思想窗户因而敞开，
心灵深处金光闪闪。

往昔我如破漏小舟遇重雾，
茫茫大海，找不出去处。
是光辉万丈的启明星，
指明了我应走的文艺道路。

向日葵朝着太阳朝着农家，
腊梅在天寒地冻中开花。
慢慢地我懂得一些了，
笔杆该为什么人讲什么话。

千间大厦不能凭空建起，
要下功夫打好坚实的地基。
在启明星的光辉照耀下，
慢慢地我懂得了一些了，
普及与提高的正确关系。

为什么松柏常年青翠耐冰霜？
为什么榕树枝叶茂盛挡风浪？
在启明星的光辉照耀下，
慢慢地我懂得一些了，
该到什么地方去吸取营养。

草子花无人欣赏却很有用途，
罂粟花逗人可爱偏含有毒素。
在启明星的光辉照耀下，

慢慢地我懂得一些了，
该用什么标准衡量政治与艺术。

在启明星的光辉照耀下，
十二年来我虽然懂得一些，
但这仅仅是未满周岁小孩学走路，
前面还是迢迢的万里征途！

让我们在启明星的指引下，
吸取古今中外的文艺精华，
用各人的心血与汗水，
浇灌祖国满园绚丽的百花！

刊《东海》文艺月刊

东方巨人在弹琴

——新安江水电站赞歌

新安江上，
放着一把琴。

这把琴
琴身是水晶，
轸子钢铁造，
弦线亿万根。

它伸进
红霞满天的轧钢车间，
绿树如云的无数农村，
银光闪闪的鱼货加工厂，
黑洞洞的煤井最下层，
散发着浓香的茶叶制厂，
被茶油灯薰黑的古老窗棂，
轧！轧！轧！
隆！隆！隆！
琮！琮！琮！
铮！铮！铮！

它伴奏，
战胜旱魔水害的凯歌；
它弹出，
农业丰收的喜悦心情；
它参加，

工业建设的大合奏；
它弹出，
保卫世界和平的最高音。

人民听到这琴声，
胸宽眼明；
朋友听到这琴声，
拍手欢腾；
敌人听到这琴声，
胆破心惊。

谁造这把琴？
谁弹这把琴？
就是咱们，
地球东方一巨人！

新安江人的性格

新安江，
电的大仓房；
新安江人的性格，
跟电一样。

床铺贴在背，
工具袋挂身旁，
哪里需要哪里去，
不声不响。

有时发起牛脾气，
双手劈山声如雷，
恰似阳电阴电在交会，
多干脆。

走革命之路，

唱建设之歌，
为电流跨越万千铁塔，
高速度。

电无味，
尝尽困难不叫苦；
电无形，
创下大业不上功劳簿。

说电无颜色，
是真的；
用来比喻新安江人，
我却不同意。

看，那红红绿绿的霓虹灯，
就是他们的青春花朵。
他们到那里，
就把绚丽多彩的生活开拓！

（1963年春省文联组织诗人到新安江水电站体验生活时作，刊于地方报。）

新安江短歌(三首)

清　晨

烟雾紧锁紫金滩，
山在雾上叠罗汉，
天庭哪来脚步声，
新安江人去上班！

游水库

水环山，
山抱水，
一只红色游艇，
融进重重碧翠。
湖水被吵醒，
山在水底飞。
乐得鱼儿蹦上艇，
共赏游湖的滋味。
三千西子集体舞，
没有比她美！

大　坝

往上看，
帽子掉下地；
往下瞧，
人流似蚂蚁。
大坝躺在两山间，
是练功？是歇力？

背上顶住一大海，
“水晶宫”藏在肚子里。

（1963 年冬赴新安江参观归来途中初稿
1964 年 1 月上旬修改于横阳言志楼）

亚热带水果园速写

起伏的环山当篱笆，
弯曲的溪流镶银边，
绿浪间黄浪，
滚滚上蓝天。

漫步果园幽径上，
浪花带香拨上肩，
秋风似知我心意，
掀开绿浪美景现。

香蕉伸出巨巴掌，
风中迎客掌声响；
荔枝浴在朝阳里，
垂头思故乡。

桂园、凤梨、波罗蜜，
一株株，一串串，
金闪闪，舞翩翩，
都在歌唱好秋天。

探问园中一老人：
“它们的故乡离多远，
住惯四季如春的南国，
怎经得这里霜雪的考验？”

“地球在咱手中转，
千里只隔几条经纬线，

敢邀南国贵宾住这里，
冬天也能变春天！”

老人说话如雷鸣，
溪滩一行白鹭受惊飞上天；
顺手摘串荔枝递给我，
问我农村生活有多甜？

（1962 年秋——1963 年夏于南雁山麓）

义愤填膺斥“四害”

一斥红头苍蝇

六只长毛黑爪，
撑住一肚脓包。
身披深绿短袖，
头戴红色小帽。
躲在麻雀腋下，
展翅直上云霄。

四个黑帮合伙，
开个工厂制帽。
大帽一顶千斤，
戴上老命报销；
小帽千千万万，
吹阵黑风乱飘。

贩卖“修”字货色，
贴着马列商标。
精通造谣伎俩，
惯用两面三刀。
魔爪伸到哪里，
哪里就一团糟！

梦想一步登天，
窃取天庭蟠桃。
不料机关算尽，

亿万人民围剿，
工人阶级叛徒，
自做帽子自套。

二斥恶毒蚊子

架着飞机遨游，
发出嗡嗡之声，
吸去人体鲜血，
放进病毒细菌，
咬人先发通知，
自诩“英雄”行径。

早在三十年代，
革命以假冒真，
这个“人面东西”，
张口去咬鲁迅，
泡制黑文狄克，
原是恶蚊化身。

窃踞高官宝座，
不改蚊子本性，
表面笑声嗡嗡，
背地陷害好人，
借反经验主义，
深深潜伏祸心。

东风驱散黑云，
一阵雷雨天晴，
这只恶毒蚊子，
终于现出原形。
是老的投降派，
“假革命的反革命？”

三斥野心麻雀

穿上连衣花裙，
打扮孔雀开屏；
咧开喉咙高唱，
冒充凤凰之音。
任凭千般装饰，
包藏不住野心！

内心欢乐流泪，
满腹牢骚笑声。
骂你就是爱你，
爱你狠狠一棍。
是魔术家素养，
有白骨精本领。

饱食五谷终日，
时刻别有用心。
一贯称王称霸，
双手鲜血淋淋。
极力崇洋媚外，
出卖祖国魂灵。

文艺革命成果，
张开血口独吞，
一生不学无术，
不懂装懂欺人，
剖开五脏一看：
极端腐朽典型！

四斥过街老鼠

双目凝着怨恨，
两耳充满惊慌。

喜爱夜晚黑暗，
惧怕白日阳光。
“四人帮”里骗子，
干尽罪恶勾当。

生就一口锐牙，
咬破文柜书箱，
啃断毛糙订线，
残踏马列篇章，
伪造、阉割、篡改，
炮制黑文反党。

骗得人民钥匙，
偷进理论库房，
抽出专论精髓，
灌进“修”的毒浆，
私制麻醉药品，
妄想篡权反党。

来自地主墓穴，
钻进资产泥坑，
如今被迫过街，
何等狼狈惶恐。
呜呼四人黑帮，
落得臭名远扬！

（此诗刊于地方报刊）

星

夜深深，
天黑山谷静，
何时掉下一颗星，
在曲径上盘旋，
忽暗忽明。

一会儿，
星光照着仓库后门，
里面有人警惕地发问，
用咳嗽回答，
笑语划破宁静。

一群山猪，
正想挖地瓜尝新，
远远望见这星光，
垂着口涎溜带滚，
顿时无踪无影。

全村猪栏和牛栏，
没有一丁点儿声音。
星光按次闪过，
是不是在寻找，
可疑的脚印？

翠绿深处，
大红双喜纸窗明，
婴儿坠地呱呱声，
星光飞报接生员：
新屋添新人。

鸡啼五更，
星光隐没茅屋中。
老伴发脾气：
快闻到棺材香，
还是当初的性！

当初啊，
老书记就是一颗星，
绕着红太阳运行，

双脚踩过漫长严峻岁月！
肩上挑着沉重责任。

站岗放哨，
通风报信，
宣传革命，
用党的一根红线，
串连着全村人民的心。

鼻孔畅饮辣椒水，
十指埋钢针，
老书记曾用沉默和冷笑，
回答人面兽心的敌人，
惨绝人寰的苛刑。

如今啊，
这颗星仍绕着红太阳运行，
指引山村的人民前进，
在一张白纸上，
描绘壮丽的新图景！

（1962 年 11 月 8 日）

有志不在年高

——写给农村小人物

小牛娃

河旁，树阴，
有嫩草就有你脚印。
为了给牛儿洗澡，
你学会游泳。

夜深，人静，
栏头有你声音。
吃饱了乖乖地睡，
公鸡快报头更。

有句口头语，
你天天说不停：
保养“旧式拖拉机”，
也要挺留心！

小先生

拿凳上讲台，
拿梯上黑板，
你在平屋中堂里，
把知识种子播撒。

人没三尺高，
讲话如发炮，

每一颗语言子弹，
都射向文化碉堡。

顶厝王姥姥，
六十岁跟你学吹萧，
过去“一”字认扁挑，
现在会写信来会看报。

小羊倌

天蓝，山青，
坡上飘白云，
夕阳拉长你鞭影，
一阵咩咩声。

哨子一吹，
山谷寂无声，
穿过悬崖与峭壁，
羊群集河滨。

心红，脚勤，
手下出神兵。
恶狼扑空回家待，
尾巴夹看失兴。

小会计

的哒，的哒，
你好像是在学弹琴，
算珠是琴键，
越弹越有劲。

加减乘除四部曲，
弹得月西沉；
梦中还在拨琴键，

犹用草席沙沙声，

算珠虽小，
每颗重千斤，
它是村民劳动的结晶，
由你来量衡！

电灌

电杆上中长，
架起五线谱，
线上蹲鸟儿，
一个黑点一音符。

蓝天襟曲谱，
迢迢千里路，
一头系朝阳，
一头跟着晚霞落。

稻海最深处，
铁汉歌喉粗，
清水润润喉，
片刻喝干半个湖。

夜幕笼银河，
星星撒农户，
村落虽辽阔，
光和欢乐盛不过。

公鸡疑天亮，
唱支迎晨曲，
大爷翘羊胡，
笑骂公鸡老糊涂。

双手改山河，
水中炼出火，
生活的赞歌，
从斗争的激流里飞出！

毛主席派来的亲人

——浙闽边界老区人民忆刘英同志

在那苦难的日子里，
毛主席派来了亲人。

走到我们穷苦人家，
讲出我们心里的话。

光屁股的孩子抱在怀里，
不嫌两条鼻涕浑身的泥。

爷爷生病卧床上，
他来问短又问长。

千年枯树逢春风，
爷爷眼泪如泉涌。

白天上坡把汗浇，
满坡薯苗迎他笑。

山洪暴发似天塌，
急流里又看见他。

深更半夜执笔杆，
思绪纸上翻波澜。

党的罗盘带在身，

浙闽边界扭乾坤。

他为穷人洒血汗，
穷人心坎都红遍。

古井幽泉晶莹莹，
好象是他的眼睛。

山峰屹立白云低，
犹如烈士的身影。

临别时未曾留下相片作纪念，
伟大的形象已烙我们的心间！

“鸭司令”

日头还未上山，
赶着鸭群出栏，
百双扁脚齐步走，
司令口喊“一二三”。

绕过村前小坡，
宛如银练圈山，
带到塘边哨子响，
水面盛开白牡丹。

尝尽虫儿野草，
行军天北地南，
鸭司令扬鞭下令：
农作物不准侵犯！

不管风雨雷电，
不管酷热严寒，
司令早出晚归，

练兵从未间断。

严峻战斗生活，
练就红心赤胆。
你猜鸭司令是谁？
高小毕业生刘灿！

抗旱忆旧

田怕春来旱，
人怕老来穷。
穷根已挖掉，
春旱莫逞凶。

祖父在世对我讲：
有年春旱数月长，
渴死水田秧，
千里一片黄。
各人各走各的路，
死活长短自担当。
野草拌泪来充饥，
旧社会的苦水倒不光！

今春久不雨，
天蓝日头红。
群起战旱魔，
铁龙齐出动。

抽水机，高声唱，
水车木桶来帮腔，
唱得大江水浅小河满，
万顷水田腾细浪。
一群姑娘插完秧，
面对水渠巧梳妆。

朵朵芙蓉水底开，
活活气死旱魔王！

（原载于《浙江日报》文艺副刊）

猛进年头春来早

猛进年头春来早，
人比春更早。
备耕赶在立春前，
时光老人远远抛。

队里农业修制场，
是个兵工厂。
全套人马它武装，
保证打胜春耕仗。

（刊于 1961 年 2 月 4 日《宁波日报》）

收种一条龙

一

全民齐发动，
收种“一条龙”。
“龙头”掀起黄金浪，
“龙尾”绿茸茸。

二

老汉种过半世稻，
从来没有学过巧。
今年使用插秧机，
年老变年少。

（刊于1960年7月17日《杭州日报》）

矾矿工今昔歌

鸡笼山顶光秃秃，
险暗矿洞是房屋。
吃尽山间无名草，
冰冷岩板是床铺。
老年残疾卧路旁，
壮年摔儿卖老婆，
少年重担压在身，
歪肩驼背一把骨。
死去百年没钱葬，
葬了三天还半活。
矿工过去如牛马，

千言万语苦难诉。

鸡笼山顶插红旗，
矿工换来新天地。
平洞撒满夜明珠，
皇宫廊道怎能比。
电钻一挖山打嚏，
矿井又深好几米。
石坐斗车人赶石，
吹阵南风到厂里。
劳动保险人添寿，
矿区新楼安新居。
吃过黄连喝蜂蜜，
是啥味道问自己！

（刊于1962年月7日19日《浙南大众》，收入《祖国的矾都》一书）

“花果山”上看花果　写给《闽东报》副刊“花果山”

打开闽东报，
走进花果山，
闻到浓郁的花香，
听见清脆的鸟喧，
山林碧绿深处，
红色果实一串串。

杂文是教材，
它促进思想健康；
诗歌是橄榄，
越嚼味道越清香；

散文，小说，
是翠竹青松，
它编艺园的篱笆，
它作艺园的栋梁；

美术作品是百花，
五颜六色布四方；
还有那科学小品，
是花果山下的宝藏；
……

花果山上看花果，
点燃心头一把火。
我要化作一颗树种，
在花果山上入土，
承受党的阳光雨露
长成一颗有用的树！

（刊于 1962 年 6 月 17 日《闽东报》）

老农顾问组

顾问小组五个人，
年岁一共三百整，
有的脸上红如枣，
有的胡须白如银。

额头皱纹一层层，
他们的经历长又深，
双手老茧一层层，
是他们经验的结晶。

队里每一寸耕地，
都有他们重复的脚印，
队里每一件农具，
都有他们的汗珠渗进。

队长要他们多休息，
反而挨了一顿的批评：
谁要吃那些现成饭，

不要小看我们老年人！

每一分生产计划上，
都跳动着他们炽热的心，
既管田地又管天，
从播种直到收成。

（刊福建省《闽东报》）

党代会会场

一位老同志带我去瞻仰会场，
这使我感到很大的荣光，
我轻轻地跨进门槛，
好像是个迟到者，一点也不敢作响。

全场虽然只是两间古旧的平房，
坐在里面却感到是个雄伟的大会堂，
因为参加这一次党代会的同志，
是来自浙江全省的四面八方。

老同志说，会场布置很壮严：
两旁贴满标语，党旗挂在中央，
一排排长凳子接着长凳子，
一个陶器的大茶壶放在讲台桌上。

我仿佛看到桌边站着刘英同志，
两个颧骨稍稍凸出，满面红光，
报告中的每句话都十分激昂，
不时还夹杂着笑声朗朗。

他传达了领袖毛主席的指示，
把全省人民的心底话细讲，
精辟地分析了当时的天下局势，
指出了在漫长黑夜中斗争的方向！

1939年，中共浙江省第一次代表大会在平阳县凤林冠尖村和马头岗村召开。当时的省委书记是刘英同志。党代会会场，是一所古老房子，现在仍作为革命古迹保留着。

（原载《东海》1960年第14期）

山

前门是山，
后门是山，
山外有山，
山上有山。

想过去，
住山怨山。
满山是宝无法采，
山区人民苦不堪。
终年难尝鱼鲜味，
无衣缺食受饥寒。

看现在，
住山养山。
点缀峰峦千里缘，
打开山区百宝盆。
辛勤劳动结硕果，
林茂粮丰矿多产。

望将来，
住山爱山。
绿阴深处机器响，
水库养鱼建电站。
高举红旗向前进，
前途美景多灿烂。

（原刊于1961年12月3日《浙南大众》）

矿山之夜

夜幕来到矿山，
烟雾时浓时淡，
灯光透过淡雾，
宛如朵朵白牡丹。

矿洞里人声喧嚷，
钻岩机轧轧作响，
劳动歌声此起彼落，
汇成了沸腾的海洋。

天亮了还以为是半夜，
使劲向一百公尺深处钻，
时间过得太快了，
一夜只开一座山。

（刊《温州日报》）

声援中东人民

地中海的怒涛在翻腾，
阿拉伯发出正义声音；
全世界人民举臂高呼，
谴责美英侵略者的滔天罪行。

在朝鲜，在越南，在埃及，
侵略者碰过多次钉，
如今还迷惑殖民者的“美梦”，
躺在未盖的棺材里还不清醒。

美国侵略者，你是害人精，
弄得天下局势紧张不安宁，
若不赶快从中东滚出去，
将剥掉你的皮，抽掉你的筋。

握紧枪杆，擦亮眼睛，
不让侵略者的阴谋得逞。
顶天立地，发出庄重的宣言：
我们爱和平，我们要保卫和平！

（刊《浙南大众》）

奉化溪口杂纪(四首)

黑色门台

高高的门台是一片浓墨般的乌云，
把小天地的小角落锁得紧紧。
流逝的岁月漂白了司阍人的华发，
却淤积了一屋子的思念和疑问。

报本堂

蒋家素居关住寂静关不住愁绪，
堂上十三位鬼魂经常窃窃私语：
多少年来未曾得到亲人的供果，
咳,“报本尊亲”的“至德要道”该由谁来考虑!

(“报本堂”上供奉着十三个灵牌,其旁有联云:“报本尊亲是谓至德要道,光前裕后所望孝子顺孙”。)

雪窦寺

雪窦寺最了解老蒋政治潮候的涨落，
不论是他公告下野或是把红尘看破，
抑或是手拿桂冠再次登上辉煌宝座，
主持僧总是笑咪咪地迎送:南无阿弥陀佛。

张学良幽禁处

老蒋把英俊的少帅幽禁在雪窦山应着梦幻，
下榻的别墅却挡不住民族的怒吼、人民的呼喊，
白天与黑夜混淆,一梦辗转就是四十多年，
还弄不清这长梦是团圆结局还是悲剧开端。

(此文刊于1983年《清明》文学杂志)

启明星颂

启明星已出现二十年，
我在十二前才望见，
思想窗户因而敞开，
心灵深处豁朗胸怀。

当时我如破漏小舟遇重雾，
茫茫大海，找不出去处；
是光芒万丈的启明星啊！
指明了我应走的文艺道路。

向日葵朝着太阳长在农家，
腊梅在天寒地冻中开花。
在启明星的光辉照耀下，
慢慢地使我懂得了——
笔杆该为什么人讲什么话。

千间大厦不能凭空建起，
要下功夫打好坚实的地基。
在启明星的光辉照耀下，
慢慢地使我懂得——
普及与提高的正确关系。

为什么松柏常年青翠耐冰霜？
为什么榕树枝叶茂盛挡风浪。
在启明星的光辉照耀下，
慢慢地使我懂得——
该到什么地方去吸取营养。

草子花无人欣赏而很有用途，
罂粟花令人可爱却含有毒素。
在启明星的光辉照耀下，

慢慢地使我懂得了——
该用什么标准去衡量政治与艺术。

在启明星的光辉照耀下，
十二年来我虽然懂得一些，
但这，仅是未满周岁的小孩学走路；
等着我的，还有万里征途。

（刊《东海》）

睁眼瞎诉苦

黑夜没灯火，
盲人摸生路。
睁眼瞎子真正苦，
细听我倾诉：

回想新中国成立前，
有年十月初，
信件误投密告箱，
闯了场大事故。

抓到警察所，
打红我屁股；
无故禁闭一星期，
深冤没处诉！

初搞互助组，
不懂工分簿，
胸头掸掸凭良心，
蚕豆记工数。

这个土办法，
实在没把握，
有天突然豆不见，

工分喂老鼠。

去年到城里，
误入女厕所，
一群顽童拍手笑，
真正气破肚！

人家听报告，
记上笔记簿，
我凭脑子拼命记，
不久就糊涂。

纸上字乌乌，
意思不清楚，
天下大事人皆晓，
我却蒙在鼓。

处处讲科学，
事事要技术，
没有文化难学会，
越想越发火。

幸亏老师们，
替咱作了主，
决心坚持学文化，
文盲帽子脱。

（原刊于《浙江省扫盲杂志》）

不落的红太阳

一

新年里，新气象，
新盖的瓦屋新刷的墙，
新买来一张毛主席像，
端端正正挂在堂中央。

二

不论白天和夜晚，
屋子里面亮堂堂。
瑞雪纷飞河结冰，
屋子里面暖洋洋。
为什么夜晚屋里亮堂堂？
为什么严寒季节屋里暖洋洋？
只因中堂的板壁上，
有个永远不落的红太阳！

三

毛主席的话语记在心，
下田生产浑身劲。
收工回来进家门，
毛主席又对咱笑盈盈。
毛主席就在咱身边，
爱我们胜过爹娘亲。
我们每个人心中有个毛主席，
毛主席心中有咱六亿五千万人。

四

毛主席领导咱们紧握三件宝——
总路线明灯前面引导，
大跃进骏马昼夜奔跑，
人民公社人人都夸好。
三大法宝显神威，
中国走上了富强道。
全世界朋友齐欢呼，
活活气死美国佬。

五

敬爱的毛主席，新年好！
恭祝您寿比南山松柏高。
我们保证把今年的生产，
搞得比以往哪一年都要好。
换上新衣服，戴朵大红花，
上北京向您当面汇报！

（此诗刊于《东海》）

丰收夜话

深夜，满天星星把眼眨，
陈老伯领了预分钞票回到家，
踏进房门就对老伴讲：
“真不错，一季分进一百八”。

老伴满肚子快乐把话答：
“开春，你跟队长赌过咒，
预分超一百，眼睛给他挖，
怎么今天夜里还摸到家？”
“千万万句并做一句话，
总算我目光短浅思想差，

社会主义美景就在眼前，
谁肯把自己的眼睛挖给他？”

欢乐的笑声划破宁静的夜，
两老伴一夜没有停止讲话。
鸡头啼陈老伯就起身落田，
迎来了东方第一道彩霞。

（此诗刊于《东海》）

普陀山短曲(六首)

普陀山在浙江省舟山群岛,风景秀丽,是我国重要风景旅游点,与安徽的九华山、四川的峨眉山、山西的五台山称为全国四大佛教圣地。

西方船

一只蛋黄色的沙石结构的画舫,
悠闲地高卧在赭黑色的海岸边,
是扬帆驶向西方“极乐世界”,
还是从西方开来在这里搁浅?

世世代代船中满载祈望与宿愿,
都随拍岸的惊涛化为缥缈的云烟。
如今,东方大地正在建设两个文明,
更有谁仍在西方船旁徘徊流连?

佛顶山

踩云踏雾飞步跨上佛顶山巅,
仿佛站在北高峰上鸟瞰西子湖面,
渔帆像白鸥飘飞水上,滴滴点点,
群山如蓝水泼在天边,浓淡相间。

佛顶山啊,东海岛上的一把倚天宝剑,
慑于威严,多少人拜倒在你的跟前。
如果你真的是佛门信徒攀登的顶峰,
那该如何解释山外有山,天外有天?

紫竹林

没有紫竹的紫竹林迷漫着愁雾，
无数竹头扁着小咀在石缝哀诉，
珍贵的文物连同古建筑已经湮灭，
观音大士独自面向南海抱头大哭。

十年的黑风黑浪招来群魔乱舞，
“世外桃源”也难免遭受灾祸，
救苦救难的观音大士不能自救，
呜呼，暮鼓晨钟伴唱南无阿弥陀佛！

潮音洞

大海入睡了，你声息轻轻，
宛如在万仞夹谷中弹奏琵琶琴；
大海怒吼了，你发出轰鸣，
好像于地壳深处滚动万钧雷霆。

你是太平洋岸边的验潮站，
给人们报告时代潮候的涨落动静。
啊，大自然设置的心电图是那么灵敏，
为什么诗人不能抒发心灵深处与感情？

千步沙

踩下去是泥，捧起来是沙，
如晶莹的珍珠粉闪跃着光华，
浴日月光辉，跟海潮磨砺冲杀，
在激流中分清了微妙的沙泥真假。

您，平凡、沉默，不讲空话，
绿眼睛的人曾拿您作比对祖国谩骂。
当您加入混凝土造起东方摩天大厦，
才显得您是多么坚强、忠贞、纯洁、伟大！

文字的塔

1856 年，李国宁从正月初一至八月十五以七个半月时间，把《楞严经》缮抄于巨幅纸上，排成一个完完整整的字塔，极其精巧奇观，而今还挂在普陀山的佛殿里。

是不是对佛教经文的盲目崇拜；
是不是赞扬建筑师的超人天才？
人们仰视纸面矗立的雄奇宝塔，
巍然肃立，深深地表示钦佩惊呆。

它是用繁体方块字的砖头砌成，
七层浮图告成，未见断砖半块，
它是意志和毅力的结晶，
最新型的文字塔，治学者的表率！

（以上组诗分别刊于《清明》《东海》）

南雁荡诗抄(二首)

南雁荡多奇峰怪石,景色壮丽,是我国名山之一。在乐清县境称北雁,在平阳县境称南雁。

天柱峰

天下奇峰千千万,
我称是您最雄伟:
挺着胸,矗立东方地平线;
昂起首,擎着天宇天不坠。

顶天立地多少年,
驾驭闪电与惊雷。
左的雾,在您的身旁驱散;
右的烟,在您的脚底踩退!

有时洪流来天外,
夹着顽石把您摧。
只见您,巍然不动稳如山,
可笑那,顽石撞得浑身碎。

天柱峰啊象征党,
给人力量与智慧,
瞻仰您,一根天柱心中竖,
跟着党,革命到底不掉队!

透天洞

透天洞顶别有洞天,

风云变幻气象万千：
倾耳听，山风伴奏管弦乐，
极目望，素装仙女舞翩翩。

月宫深处嫦娥品尝着蟠桃，
她正在把整个宇宙思念，
回忆千载历史风云变幻，
遐想着二十一世纪未来的人间。

透天洞里九百九十九道弯，
是仙人暗布的无数天险，
通过这艰难曲折的道路，
正把人们的意志和毅力考验。

谁的理想高超不畏艰险，
谁就能登上那光辉的顶点，
揭开科学技术高峰的秘密，
为人类做出更大的贡献！

访抗日救亡干部学校(六首)

抗日战争时期,刘英同志和粟裕同志曾在平阳县山门凤岑头地方创办抗日救亡干部学校。

问　路

步入绿树阴,
道旁问行人:
抗日学校在山上,
是否此上岭?

行人点点头,
脸上笑盈盈:
同志你来势介凶,
是否去报名?

练兵场

我在走廊漫步,
操场灰尘滚腾,
抗日健儿骑骏马,
在这里练兵。

队伍齐如雁行,
阵容十分严整,
仿佛不是从前事,
双眼看得清。

抵抗日本鬼子,

保卫国家安宁，
数百面孔不一样，
但是只有一颗心。

我离开练兵场，
后面传来歌声，
歌声雄壮而激昂：
前进！前进！前进！

问　候

凤岭山麓有个寺院，刘英同志曾住过，现在是医院，附设母子康乐院。

深夜里幽幽静静，
听得到落叶声音，
小窗口射出灯光，
刘英同志，你可曾安眠？

噢，这里是母子康乐院，
接生社会主义接班人，
婴儿刚诞生在这福地，
母亲发出低微的笑声。

凤岭顶峰

跨上凤岭顶峰，
离天只有几尺高，
伸手摘到月亮，
白云在脚底飘飘。
昔日就在这里，
吹响抗日号角，
刀枪银光闪耀，
歌声直上云霄。

课　堂

绿色的垂柳旁，
站立一排楼房，

楼房小巧而朴素，
嵌满方格的木窗。

窗内书声朗朗，
红领巾映出红光。
就在这课堂里，
蕴藏着无穷力量，

红领巾聚精会神，
静听老师演讲。
过去艰苦岁月里，
这里是抗日学校课堂。

数百红军叔叔，
在此学习战术训练刀枪，
愤怒的子弹出枪口。
“红膏药”的旗帜一扫光。

题在校门上

多少传奇人物在此工作，
多少英雄好汉在此北上，
你是一座革命历史纪念馆，
不是一所普普通通的学堂。

到这里瞻仰的每一个人，
都体味到那时代的心情，
就是文盲也要题诗几句，
就是哑巴也会唱出歌声！

在郑明德烈士的家乡

誉称为“浙南刘胡兰”的郑明德烈士，虽然诀别我们已有二十年了，可是还有许多动人的故事在平阳家乡传诵。

把仇恨记在心里

青翠的竹林高高矗立，
竹荫下有一弯小溪，
溪水清得照出人面，
底下显出彩色的鹅蛋石。

英勇的姑娘郑明德，
曾在这里玩过鹅蛋石，
捉过岩隙间的鱼蟹，
洗过革命同志的血衣。

那是明月当空的深夜，
她独自蹲在溪旁洗血衣，
面对血衣泪如清泉直下，
平静的溪流顿时涨高三尺。

谁残害咱们亲密兄弟，
谁如螃蟹横行不讲理？
郑明德洗去斑斑的血迹，
把仇恨永远记在心田里！

我家自有红太阳

在乌云笼罩的日子里，

狗腿子如虎似狼，
为了遮盖它们的贼眼，
洗了衣服不敢见阳光。

郑明德是个好姑娘，
洗洗补补手艺强。
同志换下衣服不用几分钟，
就能洗净晒干给穿上。①

好多的同志惊奇地问：
“你洗衣服这样快干，
难道你家特设晒衣场？”
郑明德幸福地微笑道：
“外边世界暗无光，
我家自有红太阳！”

老大娘夸郑明德

一间新修的矮屋里，
有位勤劳质朴的老大娘，
摇着轴承极细的纺车，
滔滔不绝地把郑明德的故事细讲：

郑明德啊，真好样，
日夜为革命奔忙，
像一只矫健的小山鹿，
跑三十六弯，翻七十二岗。

她挺习惯穿蓝色的衣裳，
叠叠补补她说最漂亮，
有时也喜欢摘朵“满山红”，
插在乌溜溜的鬓发上。

---

① 把湿的衣服放在锅里烘焙，这是没有办法中想出的办法。

明德的一双眼睛，
界线分得灵灵清清，
看到分敌冒出火星，
看到穷人无限同情。

明德咀角有一把锁，
不该说的话一句不说，
可是讲起革命道理一大套，
口中不离红军歌。

郑明德活像满山红，
清明一到满山红通通；
过去只有一个郑明德，
现在却有数以万计“郑明德”。①

（1960 年 5 月，刚从邪德故乡凤卧兮采访回来因痔疮发作，于温州康乐坊一医院治疗这组海量车祸病床上写的。随后刊于《东海》文无月刊。）

① 平阳各地妇女普遍组成“郑明德”小组。

一张照片嵌心间

平阳县县长张韵舞是个杀人不眨眼的魔王，1944 年竟开起“人头展览会”，拍成照片，向省政府“报功”。

走进“人头展览会”，
阴阴惨惨，
毛发根根竖立，
冒出一身冷汗。

展品虽然简单，
艺术手段高超，
死了的人复活，
会说会哭会笑。

“世道不平呀，
做人挺难。”
老人眼里进火星，
一声长叹。

“慢点把枪开，
让小孩再吮一口奶！”
蓬乱的头发，
遮不住哭声急且哀。

“阿弥陀佛，
提早上西天。”
光头和尚的话味儿，
酸辣外面蘸香甜。

墙角细嫩的面颊，
满是泪痕拼命叫：
“妈，妈，妈，
我怕，我怕这大刀！”

“哼，狗强盗，
你们的‘文明’我领教。”
一个没有嘴巴的头颅，
用鼻子呵呵大笑。

“我的死，不过是，
满田油菜少了一颗籽，
有共产党在，
看你们横行到几时！”

斩钉截铁的语言，
来自最坚强人的喉咙。
黑云密布的天空，
突然开了一条光明的裂缝。

一百多个人头，
在墙上跳动，
似乎在振臂呼喊，
向着敌人猛冲。

我一点也没夸张，
事情就发生在平阳，
十八年前拍下的照片，
现在还嵌在每个人的心间。

这张不平常的照片，
使人永远记住苦难的昨天，
珍惜自由幸福的今天，

奔向光辉灿烂的明天！

（1962 年 7 月初稿刊于一家报纸副刊）

刘首长曾睡过的古老木床

老大爷指着一张古老木床。
严肃又慈祥地对我讲，
声音低而急，态度很紧张，
仿佛是昔日夜深突闻狗吠脚步响。

唔，在那严峻的日子里。
刘英同志他们曾睡在这张床上。
我为了体味那个时代的心情，
插上回忆的双翅跟着大爷向二十多年前飞翔。
啊，这张床虽然很古老。
却传播了最新最美的思想。

马列主义字字金光闪闪如繁星，
床头点的那盏菜油灯就是小月亮，
一班同志围坐床上谈天数星星，
夜色朦朦，心中升起一轮红太阳。

啊！这张床虽然不是很大，
却装得下全部浙江。
括苍、天目、雁荡屹立掌下，
钱塘、飞云、瓯江在指间流淌。
刘英同志用红铅笔狠狠一戳，
冲破了重重封锁线，剖析了敌人心脏。

太疲劳了，他们就睡在“战场”上，
竖起警惕的耳朵，背梁靠着背梁。
夜虽静，风虽轻，时代在动荡。
怎能叫这班时刻怀念祖国的人入梦乡，
他们又穿上草鞋由浓重的云雾带路，

去到各自所需要去的地方……

我的心头顿时掀起万顷浪，
用擅动的手掀开布织的蚊帐，
瞻仰这个不简单的“会场”“战场”。
啊！床上睡着的是个不满三岁的小姑娘。

小姑娘啊！你可知道谁在这里度过多少个不眠之夜，
你现在才睡得这样深沉而安祥！
小姑娘啊！你可知道你现在是躺在挂满帆的船上，
正乘东风朝着彩虹似的明天开航！

红军会飞

这是一个革命传说，在浙南广泛流传。

红军在此建立根据地，
山山岭岭蜿蜒展雄姿。

留下一个个革命传说，
写下一首首英雄史诗。

有个传说真实又新奇：
红军战士个个都会飞。

三丈高墙一跃即越过，
不用渡船跨过瓯江水。

双脚一日能走千里路，
人马过村静如春风吹。

七寸短刀刺死白额虎，
骑马双枪齐发双鸟坠。

不知哪里学来“神仙”法，
腾云驾雾前往歼白匪。

山中一鸟长鸣百鸟和，
神奇传说展翅漫天飞。

人民听到传说拍手笑，
一朵朵鲜花啊开心扉，

敌人听到传说吓破胆，
好像乌龟突然闻惊雷。

白匪有个团长王步法，
人们给他绰号假李逵。

红军会飞他死也不相信，
山中草动也要派兵追。

有天来了一个狗腿子，
在假李逵面前献了媚：

“红军部队驻在鹤峰山，
住房前面有株红玫瑰。”

白匪得到情报发狞笑，
大大赞赏地主的狗腿：

“这回准定一网打干净，
往后老酒给你喝个醉！”

白匪团长立即下主意，
整顿队伍火急出去追。

白匪虚虚怯怯往西走，
企图把鹤峰山来包围。

山上所有草木都发怒，
一团白匪困住红玫瑰。

白匪观察四周无动静，
一幢楼房站立高巍巍。

所有门窗紧闭黑洞洞，
只闻溪涧流泉声声碎。

白匪心惊胆寒脚手抖，
光在那里踌躇又徘徊。

团长一再传令端着枪：
不准前进也不准后退！

直到满天星星将抖落，
直到浓雾滚滚把山围。

匪兵个个精疲力又尽，
假李逵也不再显狗威。

突然鹤峰山顶枪声响，
号声呼喊咆哮如春雷。

同时间四周山凹枪响应，
所有枪口对准这群白匪。

白匪乱得山坡滚西瓜，
跌坏了手脚摔歪了嘴。

有的潜入丛林逃狗命，
有的举起枪杆在下跪。

白匪团长吓得冷汗飞，
瞌着响头乖乖来请罪：

“是我瞎了眼睛真该死，
红军将士真正个个都会飞！”

鹤峰重叠气势多磅礴，
松竹如海处处皆青翠。

红军确实住在鹤峰山，
地主狗腿并没报错“水”。

白匪准时赶到目的地，
为啥咱们红军不受围？

这里有个动人小插曲，
主角就是一位红小鬼。

正当白匪出兵往鹤峰，
路旁草房悄悄有人窥。

这人就是老人刘大爷，
儿子参加红军的部队。

大爷看看不是好势头，
商量对策忙把老伴推：

“白匪大队人马往西走，
让我赶紧紧奔去报咱们部队。”

大妈担心大爷身有病，
掩门栏住他的飞毛腿：

“你身有疾病走路不便”，
岂非羊肉送上老虎嘴？

“还是让我赶去放信号。”
说完噙看仇恨的眼泪。

二老压低声音相争执，
惊醒床上睡着的红小鬼。

小鬼就是二老的孙子，
敏捷勇敢名叫刘成锥。

成锥一言一语听清楚，
思潮翻滚冲激他心扉：

红军部队叔叔多么好，
他们与咱好比鱼与水。

叔叔教我学唱红军歌，
教我应该爱谁该恨谁。

深山凹里牧羊遇恶狼，
叔叔赶来替我解了危。

如让匪兵阴谋得成功，
狼爪将使玫瑰化成灰。

绝不能让红军受损失！
绝不能让白匪显狗威！

成锥站立像棵小松树，
心头怒头燃烧话干脆：

“爷爷奶奶你俩不要去，
让我绕道前往报咱红军部队！”

“要绕哪条路？”大爷问，
“打猎那条路！”成锥回。

不待大爷转身把门开，
不管大妈话语未答对。

成锥钻出竹构小窗口，
像只小鹿翻越后墙围。

淡淡月色撒在山凹里，
成锥身影淹没青山尾。

冲过荆棘丛生的野草坡，
好似小龙游过碧绿的水。

攀上险峻如壁的狮子崖，
好像雄健山鹰啊展翅飞。

饶个大圈将近二十里，
霎时跑近那株红玫瑰。

看看白匪远在山岗东，
准备去到屋后把门捶。

拔脚还未跨出三步地，
咱们红军哨兵把他围：

“谁家小孩调皮没规矩，
三更半夜乱窜还不睡？”

成锥咬紧牙关瞪圆眼，
两只小拳光在腰间擂。

欢乐愤怒交集在一起，
使尽力气话儿才出嘴：

“红军叔叔快快准备好，
山脚东向包围过来是白匪！”

红军部队眼灵手又快，
立即整装隐蔽凤尖尾。

及至白匪赶到红玫瑰，
我军已经主动把敌围。

红军战士勇敢又善战，
打得白匪落花又流水。

依靠群众宛如插双翅，
工农红军所以才会飞。

咱们军民团结如一人，
闽浙边界红军斗争事迹永远放光辉！

（刊于《红色平阳》）

夜过上饶

夜深深，列车如龙游过上饶境，
记忆的车轮推不动昔日的深情。

黎明前，墨水般的黑暗淹住古城，

古城内外设置多少集中营。
丹心在燃烧，热血在沸腾，
多少人在铁窗里召唤光明。

如今啊，灯海灯山亮晶晶。
盏盏明灯啊，是先烈的红心还是眼睛？
红心为了共产主义壮丽事业而跳动，
眼睛望着四个现代化的灿烂前程！

此刻，宁静的夜，宁静的心。
三四十年前的往事如身临其境：
眼前望见父辈走向刑场伟大的形象，
耳畔犹闻铮铮的镣铐声和口号声。

啊，多少先烈永别前的国际歌和口号声，
把亿万不愿做奴隶的人们唤醒。
敌人的旗帜在口号声中撕碎，
三座大山在国际歌声中倒崩！

啊，多少参加战斗的脚镣手铐在伴奏，
才换来今日机声隆隆滚雷霆。
用了多少脚镣手铐锻烧铸造，
钢铁般的红色江山才如此稳定！

永难忘、“四人帮”走着险恶的邪道，
用“钢铁公司”和“帽子工厂”代替集中营，
妄图关进老一辈无产阶级革命者，
连同九泉之下无数先烈的英灵！

不可能啊，万万不可能！
先烈的心声化作警笛在长鸣。
“四人帮”篡党夺权的迷梦被粉碎，
中国公民正驾驶时代列车在前进！

时代列车前进在现代科学轨道上，
满载着先烈的遗愿和八亿人民的决心，
朝着四个现代化的宏伟目标。
多么豪迈啊，又一次中国式的新长征！

记忆的车轮推动着昔日的深情。
迎着朝霞，列车已过上饶县境！

(1977年5月初稿于京福线列车上，1979年5月修改于杭州西子湖畔言志楼)

来自农村的报告

开　头

浙江平阳好地理，
有个公社名城西，
城西公社出条龙，
廖锡龙在此当书记。

年青人叫他阿龙哥，
年长人叫他阿龙弟，
直截了当叫阿龙，
另加同志两字都可以。

同志与兄弟，
尊敬与亲密，
在廖锡龙身上，
融为一体。

田头办公

春耕、夏耘、秋收、冬种，
朝朝、暮暮、雨雨、风风，
公社干部从田头归来，
又到田头办公。

这个办公室，
山水田上盖苍穹，
主人风格高尚，

摆设巧夺天工：

高山当桌子，
前面竖着笔架峰；
堤塘作长凳，
靠背翠竹郁葱葱。

大地悬挂光荣榜，
装饰用彩虹；
生产进度表，
闪电劈长空。

太阳走得准，
捧来当时钟；
月亮点起目光灯，
有时应急办夜公。

还有一本日历，
挂在阿龙心中，
二十四个节候，
日日夜夜旋动。

寒暑晴雨表，
装在他眼中，
观天又察地，
随时可以用。

说雨就有雨，
说风就有风，
为了提高准确率，
不时对温度计、喇叭筒。

树荫就是休息室，

阿龙谈古又说今，
党的政策化春风，
吹进社员心扉中。

有块老牌试验田，
种在前村石桥东，
阿龙脚印千万层，
渗进汗水多少重？

田头指挥部，
参谋是老农，
八个人共有五百岁，
种田经典路路通。

有时来了技术员，
——讲普通，
谈起理论一人套，
末尾虚心说不懂。

双方提建议，
阿龙亲手加加工，
把理论播种到田里，
把经验收获到书中。

这块试验田，
为啥季季红？
是党的阳光照，
“三结合”的肥料壅。

别人说它天衣无缝，
阿龙竟在那里找漏洞，
有回发现一穗枯黄稻，
愁在眉头喜心中。

回去站在高凳上，
扒开稻秆问群众，
这是什么——螟虫！
当晚满垟是灯笼。

昔日延安烽火浓，
主席办公在窑洞，
如今田头去办公，
正是继承老传统！

土里做文章

土壤是“地牛”，
脾气古怪不正常，
有的一年长三熟，
有的长草不长粮。

阿龙心中怀大志，
土壤秘密要揭穿，
新中国成立前希望埋下土，
一直不能见阳光。

阿龙爱土壤，
常把味道尝，
酸的，成的，淡的，涩的，
样样都芬芳。

土地还家第二年，
互助组壮了他胆量，
邀请老农洪才秀，
开始在田头做文章。

壮年还带孩子气，
瓶瓶罐罐装泥浆，

人同作物同呼吸，
试验室和寝室一个房。

揭开大地颜色匣，
黑的赭的黄的杂花花，
阿龙把画笔一挥，
鲤鱼田飞出金凤凰。

农业社人多马又壮，
阿龙带队大战地藏王，
红龙河千年的威严，
巨臂之下被扫荡。

成立公社锣鼓响，
阿龙喜得胸襟阔万丈，
装进全社山水田，
画出土改蓝图一张张。

蓝图就是宣战书，
百里田野摆战场，
指挥官兼战斗员，
大军中阿龙赤脚把锄扛。

三面红旗举得高，
山山水水听调遣。
垟心田搬近河岸，
菜篮田齐把身翻。

冷水田涌出温泉，
高产田展翅飞翔。
一代土壤专家，
在土壤里成长。

“满江红”

天上管萍娘娘，
撒下萍叶两张半，
萍种如没落你处，
养萍难似上青天。

不管上天有多难，
难不倒咱们种田汉，
阿龙和他的伙伴，
决心插翅飞上天。

一年一年又一年，
试验失败再试验，
千条弯路万重山，
绿萍闯过越冬关越夏关。

腊月严冬雪花飘，
城西全社红艳艳，
田里河面飞彩霞，
“满江红”映红半爿天。

芒种大田萍献身，
为农业添上一层锦。
越夏萍苗又旺盛，
酝酿一个好秋天。

越冬萍种为啥不怕寒？
因为它养在阿龙的心田，
心泉源出中南海，
千里冰封保温暖。

越夏萍种为啥不怕热？

共产党员的意志坚如铁，
意志纺织的防护帘，
任凭烈日来熬煎。

如今萍种社员管，
谁说天下只有两张半？
公社没有私心人，
养萍技术天下传。

一叶萍种成亿万，
万点萍叶红一片，
星星之火，
可以燎原！

大年夜

旧年除夕夜，
阿龙华东开会前几天，
叫我用笔杆，
帮助他发言。

两人对坐元宝床，
边喝浓茶边深谈，
话语滔滔不间断，
长长清流入深潭。

一谈有党才有咱今天，
二谈三面红旗红艳艳，
三谈男女社员勤生产，
四谈家乡一草一木都在变。

一直谈到三更天，
阿龙个人事迹没有一点点，
似乎是个老战士，

正在讲述一次次激战。

突然传来鞭炮声，
宁静的夜更安宁，
两人倾耳默默坐，
暂时断了心弦绝话音。

我的心头起波澜，
随把话题转一转，
唔，此刻正是大年夜，
你是否谈谈新中国成立前。

阿龙顿时脸失色，
厚厚的嘴唇只打颤，
时光倒退二十年，
天昏地黑灯暗淡。

二十年前，二十年前，
就在这一天夜晚，
父亲奄奄一息躺床上，
残暴的病魔把身缠。

他说我火急赶去请医生，
夜色深锁医庐门，
千呼万唤人始出，
张口如狼似乎把人吞：

此刻是个啥时辰，
真是打狗也不出门，
你要我前去，
除非车子拉上门。

我只得一一都应允，

衣袋空空没分文。
立时奔到旧货店，
剥下破棉袄换来几分银。

医生到来淡淡问几句，
脉未笃定一溜烟，
父亲眼眶枯涩涌泪水，
一字一停留遗言：

咱家世世代代都种田，
无时无刻不受欺凌，
露天樊笼无刑期，
种田人永世不出身。

我凄风苦雨五十年，
到头混不饱三餐饭，
唉，这世道呀，
做人……真艰难……

“难”字还未说出口，
瞪眼咬牙气已断，
一家人哭的哭来叫的叫，
辰星感动坠深渊。

大户人家放鞭炮，
挂灯结彩贺新年；
父亲躺在门板上，
没有棺材难成殓。

父亲生前做过木，
多少木头经手检，
死后落到这地步，
苍天呀，睁睁你的眼！

大年初一赊棺材，
是友水伯上街讲情面，
父亲咬牙背着债，
新中国成立后才还清这笔钱。

父亲的重担我接来，
挑得背驼腰又弯。
母亲不忍横了心，
忍痛送我弟弟“出家”受苦难。

穷人犯的什么罪，
活活溺死在苦潭，
我闻讯赶到半路把他拦，
回家路上哭声惨。

路旁草木听了也气愤，
纷纷举起绿小拳，
坚强些，活下去，
人间地狱要坐穿！
……

往事已隔二十年，
年年此刻万箭射心间，
阶级仇恨一团火，
照得前进道路亮闪闪。

尝尽昔日苦，
方知今日甜，
阶级压迫这笔帐，
代代要相传！

如今，山是公社的山，
田是公社的田，

水是公社的水，
怎叫我对公社不爱恋？

假如我是中学毕业生，
选择自己的志愿，
我一定咬破指头用血写：
一辈子种田！

阿龙越讲越激昂，
推开小窗望望天，
灌进人声歌声鞭炮声，
一盘红日托出地平线。

结　尾

一颗水珠入大海，
千年万年还存在，
阿龙一心为集体，
青春永远放光辉。

我是一个笨拙的作者，
满怀激情写几句。
然而我要一再声明，
这不是尾声是序曲！

（1964 年夏）

紫燕剪断柳条飞

河水涨，石桥低，
紫燕剪断柳条飞，
烟雨锁江南，
叶笛轻轻吹。

施下起身肥，
秧苗壮又美，
暮春田野一片绿，
景色令人醉！

犁头底下寻金谷，
踏遍田垟歇歇腿，
袒开火热的胸腔，
叫春风揩干汗水！

村舍夜话

月牙笑咪咪，星星把眼眨，
阿青哥开完大会回到家。
他望着壁上大办农业规划图，
喜得笑出声，久久不讲话。

阿青嫂半是欣慰半讽刺：
“真奇怪，连珠炮突然变哑吧。”

“哈，真想不到咱们有今天，
现在该拿出虎劲大干啦！”

“只拉车，不看路，唯生产力论……
都忘了，多少顶帽子往我头上压?!”

一句话，扭动了阿青哥的思想开关，
话语滔滔来，宛如急流出水闸：

“所有阴谋诡计都是‘四人帮’耍，
简直是喝西北风，讲屁话!”

“这伙篡党夺权的野心家，
专把社会主义大厦墙脚挖。”

“毛主席亲自树立的大寨红旗，
‘四人帮’丧尽良心妄图连根拔。”

“如让‘四人帮’的阴谋得逞，
东海会干涸，泰山会倒塌。”

“全国人民休想留着嘴巴吃口饭，
人头早落地，颈上结疤碗口大!”

阿青哥讲到痛快处，
铁拳头直往桌上砸。

阿青嫂示意娃娃在深睡，
“轻一点，今晚的会议讲些啥?”

“党中央说出了咱们贫下中农的心底话，
农业学大寨，大办农业跨骏马!”

多么激动呀，多么兴奋呀，
硬性子的阿青哥暗中把泪擦。

两口子一问一答在对话，

早已吵醒了隔壁王大妈：

“你两齐出工，让我带娃娃，
社会主义不大干，是傻瓜！”

公鸡似知人心意，
提前鸣晓催促东窗映朝霞！

怒火

在灿烂的阳光下高呼“黑暗”，
在温煦的大地上大叫“凛寒”，
你若不是头钻沙里的驼鸟，
怎么会颠倒是非胡说谣传？

揭穿你的丑恶历史令人愤怒，
解开你的锦锈外衣使人呕吐。
你竟想叫翻身的人民重下地狱，
让小撮恶毒的霸王重进“天都”！

高医疗愈了你满身的毒疮，
你却锤胸顿足连喊“冤枉”。
天下那有这样讳药忌医的人？
你简直是一个伪装的疯狂！

你的嘴脸好像是观世音菩萨，
你的心肠何异于残暴的豺狼！
警告你，人面兽心的破坏分子：
快把你这反常的言行埋进坟场！

你的谬论激起人民的怒火，
捍卫社会主义的霹雳响彻空间。
警告你，人面兽心的破坏分子：
若要挡路，将自焚于熊熊燃烧的火焰！

（刊于《浙南大众报》副刊）

天台行(二首)

石梁飞瀑

凭高鸟瞰，
青翠山峦涌波澜，
千条银泉唯恐山飞去，
系着群山又把石梁缠。
石梁是关键，
控住它，能提起万座大山。

跨过石梁，
原是蓝天倾倒群山巅。
仿佛脚底铁索沏骨寒，
未闻硝烟味，
松涛在呐喊，
似有重兵在征战，
新长征战士不畏难。
回头看，
大渡河中断挂前川！

倚石仰观，
石梁宛如拱桥横在天，
桥洞就是天缺口，
星河滚滚落人间。
恰为万马奔腾急，
我也跃上征鞍。

马蹄疾，
溅起烟雨重重湿衣衫！

隋 梅

天台国清寺梅亭前的梅花，相传栽种于隋代，花旁伴有巨石一方。

浑身铮铮的铁骨，
迎着风雪，
满腹深刻的皱纹，
沉默地挺立着威严。
岩隙深处扎稳足根，
昂首朝蓝天。
您是一位忠贞的老人，
弯腰是蛟龙，
展校为飞燕。

你跟隋代古刹同时生，
目睹多少次沧海桑田，
几经世纪风雪雷霆，
更兼那十年连续黑风夹袭，
折您的瘦弱肢体，拔您的脚根，
连同祖国的土地掀几层，
而您却豁出老命抗争，
抗争！终于挽回大地万里春！

冰凌中花蕾散芳馨，
春光里新枝不染尘，
而您，都一无所求，
伴随您的是一石嶙峋，
真理的丰碑，永恒的座右铭。
观梅亭里论古今，
隋梅风格石精神！

老苏区见闻(二首)

板壁上的标语

写相当规模标语的是粗大的臂膀，
每个字都有上千重量，
不然，怎么吸引不息人流，
越过重重山峦，到这里瞻仰？

标语何止是用墨汁写成，
它倾注了亿万人民的理想，
多少岁月了，字迹还清清楚楚，
昼夜闪耀着永不磨灭的光芒！

“打倒日本帝国主义！”
“用梭标鸟枪换取洋枪洋炮！”
标语上的一言一语，是军号。
唤醒了千百万爱国的同胞；
标语上的逗号句号，是炮弹，
吓得敌人隐声匿迹把命逃！

如今，山村人民耕耘梯田回来，
面对板壁，坐在青草地上闲聊，
指着标语将昔日斗敌故事讲述，
是位老赤卫队员，绰号叫“死不了”。
此时正是群莺乱飞三月天，
年青人的心中却掀起千秋狂潮！

水与松林

凤岭像只凤，
展翅欲飞群山中，
清溪如练半空悬，
松林郁葱葱。

从前地主造坟墓，
挖了凤眼睛，
凤眼日夜流血泪
山腰流泉浑不清。

“何时山泉清，
天下才太平！”
真是石碑刻圣旨，
压住人们的心灵。

松林无辜遭“围剿”，
长空雁悲鸣，
山村家破燕飞散，
流泉拌奏病中吟。

党派红军驻这里，
那是一九三六年春，
山腰挖口大圆井，
乡亲们上山造松林。

冬去春回没几载，
秃山留发成绿荫，
井中游鱼欢乐穿碧藻，
喜吐水泡打破井内明镜。

每逢炎热天，

井边尽是乘凉人，
群众畅读凤山传说，
老年人来下结论：

党是山中水，
群众如松林，
水养松林松林茂，
松林保水水冽清。

（1962 年于浙闽边界分水灭岭革命根据地）

马头岗赞歌

平阳县水头马头岗，是个英雄的山村，也是我省首届党代会会址之一，刘英烈士在这里活动过，是我省老革命根据地之一……

推开重重青山，
耳听清溪水响，
穿过山腰白云带，
一步跨上马头岗。

骏马日行千里，
英雄人民乘骑，
冲破重重障碍，
奔向共产主义。

第一章

马头岗，
是个光荣的村庄：

我省首届党代会，
会址之一就在这地方。
山林溪流尽欢笑，
古老村庄发红光。

做报告的刘首长，(注)
声音坚定而昂扬，
博得了全场掌声，
势如风暴卷山岗。

这里是革命熔炉，
把生铁锻炼成钢，
上千名抗日健儿，
持刀枪在此北上。

第二章

马头岗，
是个战斗的村庄：

全村男女和老少，
颗颗红心朝着党，
不知什么叫困难，
登天无梯攀得上。

做军鞋，站哨岗，
传情报，送干粮，
冒着危险贴标语，
参加战斗保卫党。

第三章

马头岗，
是个英雄的村庄：

坚持斗争几十年，
百折不挠到天亮，
随即进军征自然，
勇闯难关意志强。

辛勤劳动创大业，
红色地上开了荒，
牵着蛟龙山顶跑，
梯田围绕渠道网。

不怕那山高水冷，
不怕那土瘦风狂，
高高山顶插红旗，
早稻亩产千斤粮。

整理了山林果树，
发展了茶叶蚕桑，
绿色海洋财宝多，
山村赛过江南垟。

第四章

马头岗，
是个富饶的村庄：

松柏成林竹连片，
形成绿色大海洋；
初夏杨梅红似火，
春至秋末采茶忙。

牧童骑牛山岗过，
个个争把山歌唱：
我队一牛生三犊；
我队户户有山羊。

生猪不知有多少，
只闻月月建牧场，
公鸡齐啼如鸣笛，
一片繁荣新气象。

白云深处稻花香，
沙土长出蕃茄王。
粮食年年有节余，
废墟堆上建新仓。

第五章

马头岗，
是个勤俭的村庄：

干部廉洁又奉公，
革命传统永发扬。
一个钱当两个用，
小树成长大栋梁。

鲜花越开越艳，
山歌越唱越响，
唱到月亮西边落，
唱到太阳东边上。

注：老区人民叫刘英同志为刘首长。

（此诗于建国十周年前夕刊于《浙南大众报》）

写给四明山

这里的山峦并没有井岗山那么高大，
但浑厚、稳重、深远，百战不殆，
像一群刚从沙场上凯旋归来的战士，
仍全副武装，正为新的使命等待。

这里的溪流并没有钱塘江那么深，
但纯洁、晶莹、明沏、含情脉脉，
如一队正在嬉戏追逐的年青女诗人，
正用最新最美的诗句齐声表达内心的炽爱。

这环抱的群山是母亲的手臂、肩膀，
这纵横的泉水是它的血管、动脉，
那被滋养的山山岭岭青翠的竹林，
最能代表四明山人的品性和气概。

竹，坚韧，虚心，有气质，是良材，
一批批准备着，让祖国挑选安排，
老一辈竹林丛丛，如果我们老是挤在那里，
新的一代怎能在盘根错节中破土出来?!

（此诗曾刊于《未名诗刊》创刊号）

桂林诗笺(二首)

独秀峰把我托上蓝天

桂林独秀峰明代被禁锢在“靖江王府”的深宫中，传说著名的旅行家、地理家徐霞客四次到此，都不让登峰。

独秀峰把我托上蓝天。
无边的净明滋润心灵，
白云招手似渡船驶来，
邀我遨游太空仙境。

眼帘里映出徐宏祖仍在峰脚久等，
快四百年了，我说：
邀徐老一起飞渡吧，
别让月牙池久盛遗恨。

山风深情地送来回声，
奇人早已告辞继续前进。
他用心灵丈量山山水水，
给祖国母亲留下问候的脚印。

独秀峰沉默不语，
弯腰扶我瞻望前程，
茫茫前程映着徐老身影，
频频回首，预祝后人解除禁令！

骆驼山遐想

在这青绿山野中，

你最受人赏识，
最受人推崇。

你昂首一动不动，
多少年了，
驮着雨露霜风。

漫漫岁月，
执着地注视着前路，
从不诉说艰辛、负重！

头颅高昂，
铁骨铮铮，
只朝拜旷野天穹。

（刊于广西《农民之友》1985 年 9 月号）

第三部分

郑立于短诗选

出版前言

中国是有五千年灿烂历史的文明古国，也是诗的泱泱大国，诗的艺术源远流长，在世界诗的艺术殿堂享有非凡的成果和宏伟业绩。共有六届国际诗人笔会在中国召开，同时世界诗人大会一直准备在中国举办，这无疑将使中国诗坛和世界诗坛更加紧密地联系在一起，从而促进中国现代诗艺术的发展和提高，同时，也让中国现代诗艺术在世界诗坛产生更为深远的影响。

为让世界持诗与中国诗坛互相加深了解，香港银河出版社现推出《中外现代诗名家集萃》中英对照系列丛书，陆续推出中外诗人的短诗选集，并将推出大型精美的综合选本，作为献给国际诗人笔会和世界诗人大会以及中外诗人们的厚礼。

丛书力求充分展示中外现代诗艺术体裁和表现手法的多样化，盼能对中外诗的交流产生积极的影响。诗丛的编者和作者们都积极热情，以对诗坛负责任的态度进行这项工作，这都必将获得祷史应有的评价。

2001 年 8 月 18 日

2002 年 9 月 6 日修改

PUBLISHER'S FOREWORD

China is a country with a history of over five thousand years, rich with ancient cultures and civilization. China is also a country of poetry. China's poetry is recognized for its great achievements in art. 6 sessions of International Poets' Pen Club have taken place in China. In addition, the WCP (World Congress of Poets) will be held in China all the time. Chinese poetry will surely be linked more closely with world poetry. Therefore, it gives impetus to the development of Chinese and world poetry.

To promote a better understanding of Chinese and world contemporary poetry, and to increase world culture exchanges, 'The World Contemporary Poetry Series' will be edited and published by the famous Milky Way Publishing House. The series will include poetry written by Chinese as well as world famous poets of today, and will be printed bilingually (Chinese and English). In addition, one Anthology of World Poetry will also be published. These will be significant gifts to the International Poet's Pen Club, WCP and all the poets from home and abroad.

This series will present all kinds of world poetry today. Needless to say, it will be a page in the history of world poetry. We appreciate all the helpers and staff involved in this great project. And, most importantly, we wish to thank all the poets for their great works.

August 18, 2001

Revised on Sep. 6, 2002

作者简介

郑立于(1930—　)作家、副编审，生于浙江省苍南县矾山镇，历任新闻、文艺、广播、宣传、地方志等单位编辑、副总编辑、主编等四十多年，现任浙江省地方志、汉语大词典出版社特约编审，浙江省地方志学会理事。中国作家协会浙江分会会员，平阳县文联、《平阳报》和《苍南时报》顾问，中华诗词学会会员。1958年由浙江人民出版社出版《祖国的矾都》一书，被评为“浙江省建设新面貌丛书”的标兵书。并出版了传记文学集《青春的火花》，编了152万字的《平阳县志》，1995年出版《百鸟诗集》，被香港评论家、诗人巴桐、张诗剑誉为“鸟国诗人”，有二十多家报刊选载了百鸟诗。连同在《星星》《清明》等各地报刊上的各类文章，约有三百多万字。还为浙闽各地风景名胜、佛寺道观撰写了不少楹联、碑记、古诗词等。

BIOGRAPHICAL SUMMARY OF THE AUTHOR

Zheng Liyu(1930—　),a writer and a subeditor, was born in Fanshan, Cangnan County, Zhejiang Province. In more than 40 years, he has been arl editor, subeditor and chief editor in work units engaging in news, arts, broadcasting, publicity and chorography. Now he is a contributing editor in chorography of Zhejiang and Chinese Dictionary Publishing House, the director of the Academy of Chorography in Zhejiang, a member of China Writers' Associations in Zhejiang Branch, an adviser of Pingyang Literdary Association, Pingyang Newspaper and Cangnan Time, a member of the Academy of Chinese Poems. His book, *Fandu of the Motherland*, was published by Zhejiang People's Publishing House in 1958 and was appraised as a model book among "Series on New Looks of Constructionof Zhejiang". He also published the biography *Sparks of Youth*, edited *Pingyang Chorography* which is about 1, 520,000 words. In 1995. he published *Poems on Birds* and then he was praised by Hongkong critic, poets such as Ba Tong and Zhang Shijian as"a poet on the bird world". More than 20 newspapers selected his poems On birds. The words in these newspapers, together with those of all kinds of articles in newspapers such as *Stars* and *Bright and Clear*, are more than 3,000,000. He also wrote couplets, inscriptions and ancient poens, etc. for beauty spots and temples in Zhejiang and Fujian.

桂林诗笺(四首)

独秀峰把我托上蓝天

桂林独秀峰明代被禁锢在“靖江王府”的深宫中，传说著名的旅行家、地理学家徐霞客四次到此，都不让登峰。

独秀峰把我托上蓝天，
无边的净明滋冶心灵，
白云招手似渡船驶来，
邀我遨游太空仙境。

眼帘里映出徐宏祖仍在
峰脚久等，
快四百年了，我谓：
邀徐老一起飞渡吧，
别让月牙池长盛遗恨。

山风深切地送来回声，
奇人已经辞途前进，
他用心灵丈量山山水水，
给母亲留问候的脚印。
独秀峰沉默不语，
昂身扶我瞻望前程。
极目前路映先人徐老身影，
频频回首笑祝后人解除囚禁。

POEMS ON GUILIN (4)

DUXIU MOUNTAIN HOLDS ME UP TO THE BLUE SKY

Duxiu Mountain in Guilin was confined to the deep palace of "the prince's residence of Jingjiang" in the Ming Dynasty. It is said that the famous tourist and geographer Xu Xiake arrived here four times but he was not allowed to climb it.

Duxiu Mountain holds me up to the blue sky,
Immense cleanness and brightness comfort my heart,
White clouds wave to me like ferries are sailing towards me,
Invite me to travel in the fairyland of the space.

Appearing before my eyes, Xu Hongzu is still
Waiting long at the foot of the mountain,
Almost 400 years, I say:
Let me invite Mr. Xu to fly together,
Don't let the crescent pool filled with regret.

The mountain wind sends echoes kindly,
The strange man has already said goodbye and gone forward;
He measured the mountains and waters with his heart,
Left his mother footprints of greeting.
Duxiu Mountain is silent,
Holding high and helping me up to look forward to the future;
Looking forward as far as I can see the form of our
forefather, Mr. Xu,
Looking back frequently I wish our later generations would
be released from captivity.

骆驼山遐想

在这青绿山野中，
你最受人赏识，
最受人推崇。

你昂首一动不动，
多少年了，
驼荷雨露霜风。

漫漫岁月，
执着地注视着前路，
诉说艰辛、负重。

头颅高昂，
铁骨嶙峋，
朝拜漠野横空。

秋，来到桂林

秋来了，来到山水甲天下的地方，
迈着迟缓而轻盈的步履；
金黄的彩霞长在林梢，
所有的枝叶却增添几分绿意。
桂树是香的，
风是香的，
它飘在每个公园，每个街巷。
每个窗台，每寸土地，
飘进每个人的心底。
一夜秋霖，真慷慨，
全市泼了花露水，
榕湖、杉湖、滩江，
花露汇集，香飘千里。
象鼻山潜泉酿出更香醇的酒，

REVERIES IN CAMEL MOUNTAIN

Among the green mountains,
You are most appreciated,
Most canonized.

You are holding high, without moving,
For so many years,
Beating rain, dew, frost and wind.

Long time,
Persistently gazing the way in front,
Telling hardships and heavy burden.

Head being held high,
Iron bones being rugged,
You worship the far-stretching fields.

FALL, HAS COME TO GUILIN

Fall has come, come to the place with the best mountains and waters in the world,
With slow and light steps;
Golden rosy clouds are growing at treetops,
All branches and leaves add some greenness.
Cherry bays are fragrant,
The wind is fragrant,
The fragrant spreads to every park, every lane and street,
Every window, every inch of land,
To everyone's heart.
Being showered by fall for one night, generously,
The whole city is splashed by floral water,
In the Ronghu Lake, Shanhu Lake, Lijiang River,
Flowers and dews get together, fragrance spreads far.

有三分醉意，七分诗意。
多少头顶长白山的老人，
醉卧滩江边上的巨石，
掉进梦幻的深渊。
几度了，漫天火龙乱舞，
桂林死去了，
废墟上見不到绿：
苦涩的灕江水，
浇润那焦枯了的心。
中秋的明月呼喊老人醒来，
朦胧的眼睁了又睁，
啊，地上一个桂林，
水底也是一个桂林，
他用力把她辗转过来，
这巨型玉雕，
是圆润的，透明的，温煦的。
老人面对明月又干了一杯
紧紧地把玉雕搂在怀里，
珠泪纵横、溶进漓江，
象鼻似乎短了几分。

岭南人家

飞越排排椰树的围墙
跨过丛丛剑兰的篱笆
在绿色的海洋中
寻觅红砖青瓦
青嫩的籐叶爬到高楼上远眺
金黄的瓜果在檐口例挂
合欢树在庭院撑开太阳伞
把火红的日头赶出天外
找到了，找到了
这是岭南普通一家
平面的独秀峰搬到中堂

Fragrant and mellow wine is brewed from the latent spring in Xiangbi Mountain,
With a little drunkness, much poetry.
Many old people living at the foot of the Changbai Mountain,
Lie on the huge rock beside the Lijiang River, drunk,
Fall into the abyss of fantasy.
For quite a few times, fire dragons danced all the sky,
Guilin died,
Green could not be seen on the relics;
Bitter water in the Lijiang River,
Watered and smoothed the dry hearts.
Tile bright moon on the Mid-autumn Day called out to awake the old man,
He tried to open his dim eyes;
Ah, there is a Guilin on the land,
There is also a Guilin in the water,
He forcibly turned her over,
This huge jade carving,
Is plump, transparent, warm.
Facing the bright moon, the old man drank up another glass,
Held the jade carving tightly,
Pearl-like tears flooded and dissolved into the Lijiang River,
The Xiangbi Mountain seemed to be a little shorter.

FAMILIES IN LINGNAN

Flying over the wall of lines of cocos
Striding over the fence of sword-like bushes
In the green ocean
I look for red bricks and green tiles
Green and tender vines climb to the high building to overlook
Golden melons and fruits hang upside down at the cornice
Big trees prop up sun umbrellas in the courtyard
Drive the flaming red sun out of the universe

绕着心灵底的飞泉笑语喧哗
乱石点缀的盘景翠滴滴
壁土的竹笛萌出芽
炒菜仅需放香料
灶头上还置一盘茉莉花
窗外几把芭蕉扇
招来阵阵清风滤净尘埃
门前笼中那对鹦鹉
遇到客来，巧舌声声；
主人不在，主人不在
待到贵客离去，又频频点头：
Goodbye! Goodbye!

I've found, have found.
This is an ordinary family in Lingnan
Planar Duxiu Mountain has been moved to the living hall
Whispers and cries around the cliffside spring at the bottom of the heart
The bonsai sprinkled with riprap is emerald green
The bamboo on the wall sprouts
Only spice is needed in cooking,
A jasmine basin is placed on the hearth
A few palm-leaf fans outside the window
Draw on breeze to clean the dusts
The pair of parrots in the cage in front of the door
Speak when guests come to visit:
The host is out, the host is out
After the guests leave, they nod constantly:
Good bye! Good bye!

普陀山短曲（六首）

普陀山在浙江的舟山群岛，是全国著名的佛教圣地之一，也是游览、避暑胜地。

双龟听经

一块巨岩把青山压矮，
这襄是普渡众生的讲经台。
两只乌龟听得入了迷，
化作石头永远下不了大海。

明明知道这是神奇的传说，
人们还是登台体味那种境界。
到实践的波涛中去寻找真理吧，
免得僵了脑子僵了手脚下不来。

观音跳

危崖土印着肥大深沉的脚迹，
显然是双“解放”了的脚。
观音从这裹跳上缥缈的天庭，
还是跳到人间的蓬莱仙岛？

重重迭迭的脚印把岁月踩碎，
多少遐想在人们脑际缭绕：
是随观音踏着云雾走进幻境，
还是向着现实的未来世纪飞跃？

SHORT VERSES ON PUTUO MOUNTAIN (6)

Putuo Mountain is in the Zhoushan Isle of Zhejiang, one of the famous holy lands of Buddhism in the country, also a tourist attraction and summer resort.

TWO TORTOISES LISTEN TO SCRIPTURES

A huge rock pressed the green mountain and made it shorter,
Here is the praying platform which would relieve people off misery.
Two tortoises were fascinated by the scriptures,
Turned into stones and could never get into the sea.
Clearly knowing that this is a supernatural legend,
People still step on the platforn and experience the situation.
Go to look for truth in the waves of practice,
To avoid the brain and limbs stiffened so that you cannot come down

THE JUMPING OF KWAN-YIN

There are big and deep footprints on the cliff,
Obviously they are "liberated" feet.
Did Kwan-yin jump into the remote heaven from here
Or jump to the legendary Penglai Island of the human world?

Overlapping footprints tread down time and tide,
Many reveries wreathe in people's mind:
Should we step on the cloud and fog into the dreamland
Or should we fly towards the real future century?

望　海

千步沙尽头有石崖，刻着“望海”二字，

这里与台湾省只隔着一面明镜，
孩子，您可望见母亲久等的身影？
自由的海鸥迎着风暴来回翱翔，
当母亲的更理解孩子焦急的心。

望海崖前望大海，是那么远，
泪雨遮住了母亲老花的眼睛。
望海崖前望大海，又是那麼近，
孩子呵，您该听到祖国召唤回归的声音！

佛顶山

踩云踏雾飞步跨上佛顶山巅，
仿佛站在孤山顶上鸟瞰西于湖面，
渔帆像白鸥飘飞水上，滴滴点点，
群山如蓝水泼在天边，浓淡相间。

佛顶峰啊，东海岛土的一幢宝塔塔尖，
慑于威严，多少佛门信徒拜倒在你跟前：
如果你真的是人们攀登的顶峰，
那该如何解释山外有山，天外有天？

WATCHING THE SEA

There is a cliff at the end of "Ten-thousand-pace Sands",
On which "Watching the Sea" is carved.
Here is only a bright mirror away from Taiwan,
Child, have you seen the form of your mother waiting long?
Free seagulls hover forward and backward meeting the storm,
Mother can understand her child's anxiety.

Watching the sea before the "watching-sea clift",
she sees you are so far away,
Tears cover her dim eyes.
Watching the sea before the "watching-sea cliff",
she sees you are also so near,
Child, you should have heard the motherland's calling you back!

FODING MOUNTAIN

Stepping on cloud and fog, you stride to the top of the
Foding Mountain quickly,
As if you were standing on the top of the isolated mountain
and overlooking the West Lake,
Fisherboats, like white gulls, are floating on the water,
scattering everywhere,
Mountains, like blue water, are splashed at the horizon, with
different shades.
Ah, Foding Peak, you are the top of a tower in an island on
the East Sea,
Being awed by your stateliness, so many Buddhist adherents
worship you;
If you are really the summit many people will climb,
Then how do we explain there are higher mountains and a
vast sky beyond?

西方船

一只蛋黄色的沙石结构的画舫，
悠闲地高卧在赭黑色的海岸边，
是扬帆开向西方“极乐世界”，
还是从西方驶来在这里搁浅？

世世代代舫中满载祈望与夙愿，
都随拍岸惊涛化为缥缈的云烟。
如今东方巨人不稀罕船中“梦幻”，
更有谁在西方船旁徘徊留连？

紫竹林

没有紫竹的紫竹林迷漫着愁雾，
无数竹根头扁着小咀在石缝哀诉，
珍贵的文物连同古建筑已经湮灭，
观音大士独自面向南海抱头大哭！

十年的黑风黑浪招来群魔乱舞，
“世外桃源”也难免遭受灾祸，
救苦救难观世音不能自救，
呜呼，暮鼓晨钟伴唱南无阿弥陀佛！

THE BOAT OF THE WEST

A yolk-colored boat of sand and stone structure,
Is lying high leisurely at the ocherous seashore,
Will it sail to the "Elysium" in the West,
Or will it ground here from the West?
For generations the boat has been fully loaded with
invocation and long-cherished wish,
Which with the striking waves lapping the coast have turned
into vague cloud and mist.
Now the giant in the East doesn't cherish the "illusion" in
the boat, Who will wander along the boat of the West and recall?

BLACK BAMBOO WOODS

The black bamboo woods without black bamboos is filled with gloomy fog,
Countless bamboo roots curl up their lips and whine in the rock slots,
Precious cultural relics have perished together with ancient buildings,
Kwan-yin faces the South Sea alone and cries!
The black storm of ten years drew on evils to behave wild,
Even "Xanadu" could not avoid disasters,
Kwan-yin who salvages people from suffering could not
salvage herself,
Wellaway, evening drums and morning bells accompany
singing Na-wu-a-mi-tuo-fo!

南宁印象

街在花园中
花园在街中

街如峭壁山峰两旁排列
晨昏阴影长得互不重叠

花园围着花园
围住了幽静、滋润、新鲜

没有古老的框框
马路展开了翅膀
淡装的村姑站立绿毯土
太阳给于加倍的明亮

边陲女儿贴近祖国母亲
南宁在迅猛前进

IMPRESSION ABOUT NANNING

Streets are in gardens
Gardens are in streets
Streets are lined on both sides, like hills with cliff
Shadows at dawn and dusk are long but not overlapping
A garden circles another garden
Circles quiet, moist and novelty
Without old frames
Roads spread their wings
Slightly made-up girls stand on the green carpet
The sun gives them double brightness
The daughter at the frontier is close to the motherland
Nanning is advancing rapidly

凭吊诗魂

洞庭湖是许多江河注入的心脏
包括这条富有传奇色彩的汨罗江
心脏连接着源远流长的大动脉
那就是挂满微血管——湖泊河沼的长江

屈夫子啊，您的归宿选择真得当
在永远不醒的梦中可以走向祖国四方
人们用粽子贿赂鱼虾保护您的躯体
更以竞赛的龙舟跟您的诗魂一起飞翔

今天，我虔诚地站立在您身旁
压缩世纪年表想把您的容貌瞻仰
可是您已经走远了，很远了
我踩着清澈江水感到无比惆怅

探索着，探索着，拾起一只斑斓的鹅蛋石
啊，这是诗人的风骨还闪着光芒
我把它作为座右铭竖立在案头
诗魂归来兮，千年悬念一线牵

MOURNING FOR THE POET

The Dongting Lake is the heart into which many rivers infuse
Including this legendary Miluo River
The heart is connected with the artery of long standing
That is the Yangtze River which has many tiny blood
vessels——lakes, rivers and ponds
Ah, Qu Yuan, your selection of your final home is so approprate
From which you can go everywhere of the motherland in
your never-ending dream
People bribe the fishes and shrimps with zongzi to protect
your body
And with the competing dragon boats fly together with your
poetry soul
Today, I stand devoutly beside you
Compress the century calendar and want to look with
reverence at your features
But you have gone far, very far,
I walk on the clear water and feel most melancholy
Exploring, exploring, I pick up a gorgeous cobble
Ah, this is your spirit shining
I set it up on my desk as a motto
Poet, come back, suspenses of thousands of years are linked
by a single thread

奉化溪口杂纪(四首)

黑色门台

高高的门台是一片浓墨般的乌云，
把小天地的小角落锁得紧紧：
流逝的岁月漂白了司阍人的华髮，
却淤积了一屋子的思念和疑问。

报本堂

蒋家素居关住寂静关不住愁绪，
堂上十三位鬼魂经常窃窃私语：
多少年来未曾得到亲人的供果，
咳，“报本尊亲”的“至德要道”该由谁来考虑，

[注]：“报本堂”上供奉着十三个灵牌，其旁有楹联云：“报本尊亲是谓至德要道。光前裕后所望孝子顺孙”

雪窦寺

雪窦寺最了解老蒋政治潮候的涨落，
不论是他公告下野说是把红尘看破，
抑或是手拿桂冠再次登上辉煌宝座，
主持僧总是笑咪咪地迎送：南无阿弥陀佛。

MISCELLANIES AT THE MOUTH OF A BROOK IN FENGHUA

THE BLACK DOOR STAGE

The high door stage is an ink-like dark cloud,
Makes the corner of the small world tightly locked;
Elapsed time bleached the fair hair of the gatekeeper,
But filled up a house of miss and doubt.

REWARDING HALL

The plain house of the Jiang family has closed quiet but
cannot close the gloomy mood,
The thirteen souls in the hall often whisper:
For many years, we haven't been offered sacrifice by relatives,
Well, who will consider the "important virtue" of
"rewarding ancestors and respecting relatives"?

In the "rewarding hall", there is an oblation of 13 spirit tablets for the deceased. There is a couplet beside it which says: Rewarding ancestors arid respecting relatives is an important vitue. A dutiful son and an obedient grandson are exptected to bring honor to the ancestors and abundance to the offspring.

THE XUEDOU TEMPLE

The Xuedou Temple knows best the fluctuation of the
political tide of Lao Jiang,
No matter whether he proclaims to fall out of power because

张学良幽禁处

老蒋把英俊的少帅幽禁在雪窦山应着梦幻，
下塌的别墅却挡不住民族的怒吼、人民的呼喊。
白天与黑夜混淆，一梦辗转就是半个多世纪，
还弄不清这长梦是团圆结局还是悲剧开端。

he has seen through the human society,
Or he holds the laurel and claims to the throne again,
The presiding monk always greets and sends him off,
smiling: Na-wu-a-mi-tuo-fo.

THE PLACE WHICH ENJAILED ZHANG XUELIANG

Lao Jiang jailed the handsome young marshal in the
Xuedou Moutain with illusion,
The villa he stayed could not prevent the roaring of the
nation and the exclaimation of people,
Day and night mixed up, after tossing in one night with one
dream, more than half a century passed,
But it was not clear whether this long dream would result in
reunion or it was only the beginning of a tragedy.

雁荡山诗抄(三首)

雁荡山在浙江省,系山岳型国家重点风景名胜区。

夫妻峰

两夫妻拥抱着炽热的爱
吻着深沉的痴情
凝固了的爱情化石

千万年了
还闻得到芳馨
多少对情侣
模仿它的造型
盗窃它的心
女的说:左边那个真像你
搭在肩上的胳膊有体温
男的说:右边那个真像你
电烫的乌云掩不住笑声
它们俩永永远远不分离
咱们俩该用甚么填补裂痕

天柱峰

天下奇峰千千万,
就算是您最雄伟,
挺着胸,矗立东方地平线,
昂起首,擎着天宇天不坠。

POEMS ON YANDANG MOUNTAIN(3)

The Yandang Mountain is in the Zhejiang Province, a kop-type key beauty spot in the nation.

THE SPOUSE PEAK

The husband and wife are embracing fiery love
Kissing deep affection
A concreted fossil of love

Thousands of years have passed
But the flagrance can still be smelled
So many lovers
Imitate its style
Steal its heart
The woman will say: that on the left is like you
The arm placed on his shoulder passes her temperature
The man will say: That on the right is like you
The electricity-striking dark cloud cannot cover her laughter
They two will never separate
What can we use to fill up the crack between us?

THE TIANZHU PEAK

There are thousands of peculiar peaks in the world,
But you are the grandest,
Throwing your chest, you stand tall and upright at the
horizon of the east,
Holding your head high, you props the sky and it will not fall.

顶天立地多少年，
驾驭闪电与惊雷，
左的雾，在您的身旁驱散；
右的烟，在您的脚底踩退！

有时洪流来天外，
夹着顽石把您摧，
只见您，岿然不动稳如山，
可笑那，顽石撞得浑身碎。

透天洞

透天洞顶别有洞天，
风云变幻气象万千：
倾耳听，山风伴奏管弦乐，
举目望，素装仙女舞翩翩。

月宫深处嫦娥品着蟠桃，
她正在把整个宇宙思念，
回忆千载历史风云变幻，
遐想着二十一世纪未来的人间。

透天洞里九百九十九道弯，
是仙人暗布的无数天险，
通过这艰难曲折的道路，
正把人们的意志和毅力考验。

谁的理想高超不畏艰险，
谁就能登上那光辉的顶点，
揭开科学技术高峰的秘密，
为人类作出更大的贡献！

For so many years, you have been so strong and tough,
Reining the lightning and thunder,
Fog on your left, is dispersed beside you;
Smoke on the right, is tramped under your feet!

Sometimes flood comes from far,
With insensate stones breaks into you,
But you, is still steady, towering without moving,
Being ridiculous, the insensate stones are broken into pieces.

THE CAVE WHICH SHOWS THE SKY

There is another scenery at the top of the cave which shows the sky,
Wind and cloud change and the weather is capricious;
Listen attentively, the mountain wind accompanies the orchestral music,
Look as far as the eye can reach, the plain-dressing fairy is dancing.
In the depth of the palace of the moon, Chang E is biting a flat peach,
Sitting in front of the TV screen,
She is missing the whole universe,
Thinking about the future world in the 21st century.

There are 999 curves in the cave which shows the sky,
Which are natural barriers fairies placed secretly.
These difficult and zigzagging roads,
Are testing people's will and power.

One who has lofy ideal and does not fear difficulties and dangers,
Will reach the brilliant summit,
Reveal the secrets of the heights of science and technology,
Make greater contributions to the mankind!

烟雨江南

河水涨，石桥低，
紫燕剪断柳条飞，
烟雨锁江南，
叶笛轻轻吹。

犁头地下觅春雷，
黑浪滚到东海外，
春花嵌在浪涛间，
一片黄，一片翠。

踏平千里浪，
抽筒旱烟歇歇腿，
袒开火热胸膛，
叫春风揩干汗水。

飘来坭粪香，
施下起身肥，
一夜东风卷细雨，
秧苗长如飞。

秧苗是碧针，
插进黑浪间，
万顷田野绿一片，
春色令人醉！

JIANGNAN WITH MIST AND RAIN

The water in the river rises, the stone bridge lowers,
A purple swallow cuts off a wicker and flies away,
Mist and rain lock up Jiangnan,
The flute made of leaves is softly played.

The spring thunder is looked for from the earth under the plough,
Black waves roll to the East Sea,
Spring flowers are embedded in billows,
Some are yellow, some are green.

Tread on a-thousand-mile waves,
Smoke a pipe of tobaccos and take a rest,
Expose the fervent chest,
Let the spring wind wipe the sweat.

The flagrance of mud spreads from far,
Starting fertilizer is applied,
East wind in one night, together with drizzle,
Makes rice seedlings grow fast.

Rice seedlings are emerald needles,
Inserted into the black waves,
Hectares of fields turn green,
The scenery of spring makes one intoxicated.

书　本

书本虽小，
容量可大，
装得下整个宇宙，
蕴藏着千年文化。

只有不怕艰苦的人，
才能把它开发，
尝尽其中滋味，
冒出智慧火花！

THE BOOK

The book is small,
But its capacity is large.
It can hold the whole universe,
It contains culture of thousands of years.

Only those people who defy difficulties and hardships,
Can develop it,
Taste it,
And send out sparks of wisdom.

写给四明山

这里的山峦并没有井岗山那么高大，
但浑厚，稳重，深远，百战不殆，
像一群刚从沙场上凯旋的战士，
仍全副武装，正为新的使命等待。

这里的溪流并没有钱塘江那么深阔，
但纯洁，晶莹，明澈，含情脉脉，
如一队正在嬉戏追逐的年青女诗人，
正用最新最美的诗句
　　齐声表达内心的炽爱。

这环抱的群山是母亲的手臂、肩膀，
这纵横的泉水是它的血管，动脉，
那被滋养的山山岭岭青翠的竹林，
最能代表四明山人的品性和气概。

竹，坚韧，虚心，有气节，是良材，
一批批准备着，让祖国挑选安排，
老一辈竹林说，如果我们老是挤在那里，
新的一代怎能在盘根错节中破土出来?!

TO SIMING MOUNTAIN

Hills here are not as high as the Jinggang Mountains,
But they are simple and honest, sober, profound and victorious,
Like a group of soldiers just returning from the battlefield in triumph,
Who are still fully armed, and waiting for new missions.

Streams here are not as broad and deep as the Qiantang River,
But they are pure, crystalline, clear and beaming with affection,
Like a group of young women poets who are playing and chasing,
Are using the newest and most beautiful verses
To express their fervent love in their hearts together.

The encircling hills are the arms and shoulders of our mother,
The crisscrossing springs are her blood vessels and arteries,
The mountain ridges being nourished and green bamboo woods,
Can best represent the character and spirit of the people in Siming Mountain.
Bamboos, tough, modest, of moral integrity, are good timber,
Ready as groups, and let the motherland select and arrange,
The bamboo woods of the older generation say, if we always occupy there,
How can the new generation break through the soil and
grow in twisted roots and gnarled branches?!

百鸟诗(四首)

从《百鸟诗集》中选出。诗人张剑巴桐对诗集作了评论，大陆有二十多家报刊转载了评论《鸟国诗人》及诗作。

太阳鸟

太阳鸟
一只袖珍的太阳
你有太阳灯绚丽的光彩
　　太阳神愚昧的信仰
　　太阳塔无穷的视野
　　太阳能不竭的力量

太阳的伟大是无可比拟的
而你，只有五六克重量
在多角恋爱的百花园中
你敢于跟蝴蝶、蜜蜂争夺对象

蝴蝶们展开了所有翅膀
把百花的色彩印在身上
但还不及你的羽衣漂亮

蜜蜂鼓起醋味的喉嗓
把百鸟的音调浓缩一腔
还不如你的一段轻轻的清唱

POEMS ON BIRDS(4)

Selected from the Poetry Anthology on Birds, on which Zhang Jian and Ba Tong commented, more than 20 newspapers in the mainland selected the comments on the Poet of the Bird World , and the poems.

THE SUNBIRD

The sunbird
A pocket sun
You have the gorgeous light of the sunlamp
The stupid belief of the sun-god
The infinite field of vision of the sun-tower
The inexhaustible power of the sun-power

The greatness of the sun is incomparable
While you, only 5 or 6 grams heavy
In the garden of multiangle love
Dare to contend for objects with butterflies and bees

Butterflies spread their wings
And print the colors of flowers on themselves
But they are less beautiful than your leather

Bees stretch their jealous throats
And condense the tones of birds
But their humming is worse than your short singing

整日在百花丛中谈情说爱
你并不是鸟类里头的恋爱狂
为了四季如春的艳丽、兴旺
太阳折射的清辉洒满了百花园
你又显露出“月下老人”的亲切形象

凤　凰

你从虚幻神奇的原始年代飞来，
衔着人类极力追求的祥瑞和热爱，
悠扬的歌喉使百花惊恐万状，
绚丽的服饰逼虹霓隐匿色彩。

雨后黄昏梧桐啼哭无枝可依，
几经战乱竹实低诉何从寻觅？
涅槃后的你化为一团熊熊烈火，
烧裂铁铸的牢笼，透出春的信息。

你飞翔在祖国的山山水水间，
栖息在亿万炎黄子孙的心怀，
古老的宫阙里记录前人的聪明才智，
高耸的屋脊背舞蹈着村民的新风采。

如今，驾着铁的骨骼，钢的羽翼，
乘长风到五大洲或星际间游历，
捎去是千年橄榄树绽开的新枝，
叼回是一个晶晶莹莹的未来世纪！

Talking love among the flowers all day
You are not a love mania among the birds
For the gorgeousness and prosperity of four seasons like spring
The sun refleats your brilliance which sprays and fills the garden
You show your kind image of the "matchmaker" once again

THE PHOENIX

You fly from the illusionary and mystical primitive age,
Holding in your mouth the auspicious sign and fervent love
mankind tries his best to pursue,
Your melodious throat makes flowers terribly frightened,
Your gorgeous clothes force the rainbow hide its color.

The parasol tree cries at dusk alter rain as there are no branches to depend on,
After turmoils of war, bamboo seeds whisper where they should go.

You after nirvana turn into blazing fire,
Burn the ironcast cage and show the message of spring.

You fly in the mountains and across the waters of the motherland,
Rest in the hearts of millions of Chinese descendants,
In ancient palaces, intelligence and talent of predecessors is recorded,

Towering ridges are dancing the new graces of villagers.
Now, with iron-like skeleton, steel-like wings,
You travel in the five continents or stars with strong wind,
What you take away are new branches of ten-thousand-year-old olive trees,
What you bring back is a crystalline future century!

麻　雀

朝夕相处
咱挺熟
媳妇上门来
跳跃欢呼
新楼庆落成
作陪末座
虽也怀着鸿鹄志
寄人檐下求委屈
对于人类
却献上一万个祝福

谁料到
一度全族受围歼
说是破坏农业
罪同老鼠
偶尔若干幸存者
歇在高空五线谱
沉默，沉默、沉默
死寂的休止符

我细想，那年头
田里种的是稗
壅的是“左”
当然长草不长谷
我这一张小嘴
同样填不满肚
只得吃苋稗种、害人虫
不信请剖腹
只因我
敢于议论、噜嗦嗦
祸从口中出

THE SPARROW

Living together every day
We know each other very well
When the daughter-in-law came to this family
You jumped and cheered
When celebrating the completion of the new building
You accompanied taking the last seat
Though you also have high ambitions
You feel wronged as you depend on others for living
But to the mankind
You give thousands of blessings

It was unexpected that
Once your whole family were surrounded and wiped out
The reason was that you might destroy agriculture
Your crime was as serious as that of rats
Occasionally some survivors
Rested on the staff in the high sky
Being silent, silent, silent
Rests of dead silence
I think carefully, in those years
What grew in the field was barnyard grass
What was supported was "left"
Of course no grains grew on long grasses
My this little mouth
Could not fill my stomach
I had to eat the seeds of barnyard grass and pests
If you don't believe, please cut your belly open
Only because I
Dare to comment and talk
Trouble comes from the mouth

如今错案已纠正
为人民做点事深感幸福
是非功过
任世人评说

鸢

缩小了的
伟岸身影刻纸
贴在中天
淡蓝的底
　黑褐的图
　　银白的边
是仙女垂钓的纸鸢
但，没有线
挂不住
　　倒悬的思念

你俯瞰
万仞深渊
方圆百里的山水房舍
摆进小盘景
潜行的蛇
　　疾窜的鼠
逃不出你的眼帘
破云雾
一步跨入人间

用带刀的嘴接吻
以铁钩的爪握手
畅饮，在野味馆

Now misjudged cases have been redressed
I feel happy to do something for the people
Rights and wrongs, merits and demerits
Are free to let common people comment on

THE EAGLE

Reduced
Block-printed paper of the strong form
Is pasted in the middle sky
Light blue background
Blackish brown picture
Silver edge
It is a paper eagle the fairy angles for
But, because there is no thread
Cannot be kept

The reversed miss
You overlook
The abyss of thousands of feet
Mountains and waters and houses in the circumference of a hundred miles
Are placed in the bonsai
Prowling snakes
Running rats
Cannot escape from your eyes.
You break through cloud and fog
Enter the world by one step

Kiss a mouth with a knife
Shake hands with hook-like talons
Drink to your fill at the game restaurant

黄昏
侧着脸
高耸双肩
半睁的眼
一闪一闪
似乎还冒烟
回味苦斗的甘甜
展望前程的惊险
啊，老侦察员的形象
忠诚卫士的肝胆

At dusk,
Turning the face to the side
Shrugging the shoulders
Half-open eyes
Twinkling, twinkling
Which seem to be giving off smoke.
Pondering the sweetness of bitter fight.
Looking forward to the dangers in the future
Ah, the image of an old scout
The bravery of a loyal soldier

第四部分

百鸟诗集

序　一

魏　桥

鸟类，自古以来就是人类羡慕、敬仰、崇拜的对象。所谓“鸟中之王”的凤凰，被称为“四灵之一”，以喻有德之人；“水击三千里，抟扶摇而上者九万里”的鹏鸟，昭示着鹏程万里的豪迈气概和远大前程；《诗经》中描述青年男子思慕女子的“雎鸠”，又多么令人依恋，动容。人们还将形似鸟迹的篆书名之为“鸟篆”。虽然，有的是想象中的神鸟，有的是尚未考证论定的鸟种，但它们的造型在古代器皿、雕塑、装饰上早就得到反映。可见，人与鸟早就结下了不解之缘。如今世界上有许多国家还把某种有特殊意义的鸟定为“国鸟”，更显其形象的美好崇高。

鸟儿鸣春啼日，戏水穿花；春来秋去，比翼双飞；黄鹂白鹭，莺歌燕舞；行吟泽畔，搏击长空；穿波逐浪，展翅盘旋……美化了大自然和人们的生活环境。神圣的大自然天使，赋予人类珍贵的物质财富与精神财富。保护鸟类，人类有不可推卸的责任！用艺术形式介绍宣传鸟类，意义深远。

花有情，鸟能言。50 年代郭沫若先生创作了诗歌《百花齐放》，赋予各种花卉以崭新的意境，在文学界独树一帜，给青年郑立于以深刻的启迪：百花可齐放，百鸟可争鸣，他立志仿效《百花齐放》创作《百鸟诗集》。诗稿多次修改，几经波折，最近终于完稿付梓，走过了漫长严肃的创作道路。如今，作者已是满头白发了。其坚持创作，执著追求的精神令人肃然起敬。

《百鸟诗集》是科学诗，可作科普读物。它熔思想性、科学性、艺术性、知识性、可读性于一炉，其艺术成就是可佳的。同时，作为一个新选题的开拓，自有一定的难度，能否与郭老的《百花齐放》作姊妹篇，还有待诸鸟类专家、诗人和广大读者共同来品评吧。

1994 年春于杭州

序　二

董希华　王擎峰

“好鸟枝头亦朋友，落花水面皆文章。”鸟类，是人类生活中亲密的朋友，是大自然的重要组成部分。

我国幅员辽阔，地形和气候复杂。自然条件多种多样，辽阔的草原，起伏的丘陵；纵横的山脉，漫长的海岸线……为各种鸟类提供了栖息和繁衍的场所。迄今为止，我国已发现有1180多种鸟类，是世界上拥有鸟类最多的国家之一。

鸟类为人类提供大量的自然资源，消灭农林虫害，维护自然界的生态平衡，陶冶人们情操，为人们生活增添了许多诗情画意。如何保护鸟类，抢救濒于灭绝的珍贵鸟种，是人们十分关注的大事。这本《百鸟诗集》的出版，将有助于此。

鸟类，在我国的传统诗画中，是个重要的题材。作者在将近四十年岁月里，花了很大的精力和心血，深入生活，调查研究，查阅文献，借鉴名家，以诗情描绘鸟类的色彩、形态、鸣声、生活习性，并赋予它们个性，给人们以美的享受。爱鸟，是人类的天性，青少年朋友更喜爱鸟类，愿与鸟类交朋友。这本《百鸟诗集》的出版，有助于提高人们对鸟类的认识与理解。让人类与鸟类之间的友情更深厚，更久远。

袖珍的太阳

太阳鸟

太阳鸟
一只袖珍的太阳
你有太阳灯绚丽的光彩
太阳神愚昧的信仰
太阳塔无穷的视野
太阳能不竭的力量

太阳的伟大是无可比拟的
而你，只有五六克重量
在多角恋爱的百花园中
你敢于跟蝴蝶、蜜蜂争夺对象

蝴蝶们展开了所有翅膀
把百花的色彩印在身上
但还不及你的羽衣漂亮

蜜蜂鼓起醋味的喉嗓
把百鸟的音调浓缩一腔
还不如你的一段轻轻的清唱

整日在百花丛中谈情说爱
你并不是鸟类里头的恋爱狂
为了四季如春的艳丽、兴旺
太阳折射的清辉洒满了百花园
你又显露出“月下老人”的亲切形象

太阳鸟，是太阳鸟科各种类的通称，是珍稀鸟类。主要分布在缅甸、尼泊尔、印度和我国西南部。

在两广和云南西双版纳的热带森林里的叉尾太阳鸟，体长约十厘米，只有拇指头那么大，全身金红，头尾翠绿，有金属光泽，中尖尾羽特别长，它的形状和色彩是大家一致赞赏的。落在花丛中，几乎辨不出是花还是鸟。在与蝴蝶、蜜蜂成群飞翔在花丛里混杂争食时，就算它最惹人喜爱。它长着细长微弯的嘴和管状的长舌，巧妙地伸进花蕊深处吸食花蜜，但也爱吃小甲虫等害虫。它还为植物传播花粉，协助大自然制造春天。

在我国，叉尾太阳鸟算是最小的鸟类之一，除此以外，还有黑胸太阳鸟、黄腰太阳鸟、火尾太阳鸟、绿喉太阳鸟等。太阳鸟的同类还有紫阳鸟、翠阳鸟等，都是瘦小灵活、羽色鲜丽的鸟类。

太阳鸟常在人烟稀少的常绿阔叶林、针阔混交林和次生林地区活动，虽然不受季节影响作长途迁飞，但到冬季还是飞到温暖的地带觅食。每年三至十月，它们常在大森林边缘或沟谷坡地的低矮灌木丛中筑巢，巢像悬挂在树枝上的梨子，摇摇荡荡，很有情趣。

尊贵的夫人

孔　雀

身披艳丽阳光经纬的彩衣，
高视阔步在绿色的世界里，
清一清嗓子，
山中百鸟皆静寂。
走来了，走近了，
是典雅尊贵的夫人，
淡妆浓抹的西子。

这个展开扇形的尾屏欢舞嬉戏，
那个羞答答情脉脉若狂若痴，
多少年轻情侣相互会意：
人类鸟类一样幸福啊，
不再悲歌《孔雀东南飞》。

尾屏是奖状，
盖有荣誉的金印，
也是密纹唱片，
寻着经久不息的掌声和笑语，
为了珍藏人们所羡慕的，
不惜牺牲自己的一切。

到头来，这又是日益沉重的负担，
继续阔步前进的大忌，
当她一旦遇到意外，身败名裂，
该是何种情绪，何种心迹？

孔雀，俗称越鸟，是亚热带鸟类。在鸟类王国中，它是最美丽的种类之一。原产于印度、印度尼西亚、爪哇等地。在我国仅分布在云南省西南部西双版纳等地，多活动于海拔两千米左右的丹山碧水间，栖息于竹林、芭蕉等针叶阔叶山林及绿色高原地带。它属鸡形目雉科，和家禽、原鸡、锦鸡及各种鸟鸡都是同宗兄弟姐妹。

孔雀的幼鸟好像小鸡，不十分美丽。到了三岁，才长出成鸟的羽衣。雄孔雀尾屏最漂亮。复羽的末端都有一个五颜六色的蛋形彩图。每年二月中旬以后，孔雀换上新复羽，正是雄鸟间争艳比美向雌鸟求偶的时候，孔雀开屏了。《本草纲目》里说，孔雀“自爱其尾，山栖必先择置尾之地。雨则尾重，不能高飞，南人因往捕之，或暗伺其过，生断其尾，以为方物”。孔雀一般固定在早晨、黄昏出外觅食，中午在密林里歇息。孔雀为杂食性鸟类，主要食物是谷物、昆虫、蛇和蜥蜴等小动物。

孔雀外表很美，但性情暴躁、妒忌，“见彩服者必啄之”，甚至会发生伤人的事情。

由于孔雀尾长腿瘦，飞翔能力大受影响，常遇敌害，所以现在世界上孔雀数量不多。印度和缅甸把蓝孔雀列为国鸟。我国把它列为二类保护鸟。

会飞的理想

凤　凰

你从虚幻、神奇的原始年代飞来；
衔着人类极力追求的祥瑞和热爱，
悠扬的歌喉使百花惊恐万状，
绚丽的服饰逼虹霓隐匿色彩。

雨后黄昏梧桐啼哭无枝可依，
几经战乱竹实低诉何从寻觅？
涅槃后的你化为一团熊熊烈火，
烧裂铁铸的牢笼，透出春的信息。

你飞翔在祖国的山山水水间，
栖息在亿万炎黄子孙的心怀，
古老的宫阙里记录前人的聪明才智，
高耸的屋脊背舞蹈着村民的新风采。

如今，驾着铁的骨骼，钢的羽翼，
乘长风到五大洲或星际间游历，
捎去是千年橄榄树绽开的新枝，
叼回是一个晶晶莹莹的未来世纪！

从商代青铜鸮上和汉武帝墓丹凤纹空心砖上到现代众多的产品商标上；从帝王富殿的“凤瞬”“凤楼”“凤辇”“凤盖”，到民间装饰的帷幕、被面、屋脊、肚兜；从骚人墨客的诗词到古今民间的传说，都有凤凰的图像和描绘，但古往今来谁也没有看见过凤凰。

凤凰是“百鸟之王”。《禽经》云：“雄凤雌凰。凤者。美也，大也。”明代李时珍说:“凤,南方朱鸟也。”它的形状是:“凤之像鸿前麟后,燕颌,鸡喙,蛇颈,鱼尾,鹳颡,鸳翼,龙文,龟背,羽五彩,高四五尺……”凤凰的习性,据西汉韩要的《韩诗外传》记载:“不群居,不侣行,非梧桐不栖,非竹实不食,非醴泉不饮。”竹实就是竹米,是竹子快到衰老死亡前所结的果实,很少见。由此可见凤凰是非常令人尊崇的神鸟。

到底有没有凤凰?可能是原先有,后来绝迹了。或者是古代人根据某些鸟类的形状与特性而想象出的“图腾”,作为自己民族崇拜的祖先。美化、神化后的凤凰,如今就成为人们吉祥、美满、安康、幸福、理想的象征了。

武将的化身

褐马鸡

精工细刻
万千根浓褐金丝
缀成马尾
一个黑点
以奔马的速度
穿过松林桦树林
划了一条线
岭脊悬崖
中断了画面
以飞马的雄姿
印上蓝天
峡谷间留下一缕烟

谁说你无知
怎会对神族如此爱恋
面对入侵者
用鲜血挥写誓言
只有生的战斗
没有死的信念
历代帝王
为了招引你的魂魄
窃取你的肝胆
赏赐武将
给戴鹖冠
对懦夫

鲜花插粪土
对勇士
不值半文钱

褐马鸡，是我国特产珍鸟之一，属国家一类保护动物。

它全身呈浓褐色，在头部两侧竖起两簇白色的耳羽，呈角状，所以俗称角鸡。尾羽共二十二枚，特长的尾羽向体后高高翘起，末端像披发一样，散垂下来，几乎着地，很像马尾。

褐马鸡活动在山地林区，筑巢在松林、桦树林或林下的灌木丛地带的地面上。杂食性，啄食植物的块茎、细根和种子等，也吃昆虫、蠕虫等动物性食物。善于奔跑，受惊时也振翅起飞，从悬崖飞向对面山坡上。鸣叫时，昂首伸颈，高翘尾羽，十分美观。《禽经》里说："鹖，毅鸟也，毅不知死。"《本草纲目》也说："鹖鸡猛气，其斗期必死，今人以鹖为冠，象此也。""性爱其党，有被侵者，直往赴斗，虽死犹不置。"因此，从汉武帝以来的历代帝王往往用褐马鸡的长尾羽插在武将的帽盔上，以奖威武将的功勋，表示武将的官阶，激发武将的斗志。

由于历代帝王胡乱猎捕，再加上森林受破坏，自然环境的不利，现有的野生褐马鸡为数已经不多了，仅见于我国山西北部宁武、岢岚一带及河北西北部小五台山区。

仙人的坐骑

鹤

放鹤亭放眼看不见你的踪影
曲院风荷池上鲜红花苞是丹顶?
洁白羽衣可能遗失在断桥上,
鹤骨或许被雕成横笛,留下清越的声音。

你的后代走了,隐居一处更优美的环境,
月湖摄下你双双起舞潇洒的倩影,
芦苇窥见你独自沉思漫步于泽畔,
一声长唳,玄翅割开了碧空白云。

有人鼓励出类拔萃让你鹤立鸡群,
有人又批评你盲目清高突出个人,
传说中的仙人骑着你远走高飞,
到头来,还得下凡间繁育子孙。

画家用高明的手法永葆青春,
让你跟古松一起在纸上扎根;
虽从生活到艺术有遥远距离,
其实是不了解你固有的品性。

诗人高吟“鹤寿千年也末神”
长寿者终归不能永远生存。
你在濒于灭绝前的极力呼吁,
爱子及鹤啊,愿得到全人类的深切同情!

西湖孤山的放鹤亭，青田太鹤山的白鹤洞，长沙岳麓山的白鹤泉，昔日都有鹤的踪迹和身影，如今不见了。鹤是世界珍稀鸟类，也是国家一类保护动物。全世界共有十五种鹤，我国就有丹顶鹤、黑颈鹤、白鹤、赤颈鹤等九种。

黑颈鹤为大型涉禽，是我国特有的珍贵鹤类。

白鹤，在江西鄱阳湖西岸越冬，由于数量稀少，在国际鸟类红皮书上已列为濒危物种。

丹顶鹤最为名贵，它每年四至五月在黑龙江沼泽地营巢繁殖，冬季以家族形式迁徙到长江中下游地区越冬，鄱阳湖是它的乐园。它的寿命很长，一般能活到五十到六十年左右。晋代炼丹家葛洪曾在《抱朴子·对俗》中谈到："千岁之鹤，随时而鸣，能登于木。其未千载者，终不集于树上也。"后人有。"松龄鹤寿"的说法，鹤栖松柏的画面。从科学的角度看，是不符合鹤的习性的。

"鹤鸣于九皋，声闻于天。"鹤的气管特别长，有特殊的发声器，共鸣作用很好，所以鸣叫声洪亮高大，像军号一样，有绕着好几圈的管道，靠共鸣作用发出悠长的号声。

鹤有种种传奇故事。在吉尔吉斯有个牧民叫玛玛察伊托夫，三年前在山上牧羊，发现一只跌伤的白鹤。这个牧民把它带回家里去包扎治疗，一个冬天后，白鹤痊愈了，成为他的"好友"。主人出外牧羊，白鹤就留在家里照看羊羔。如遇陌生人怀着恶意，摆弄羊羔，它就展翅一边尖叫一边把他赶走，甚至还能把主人领向陌生人逃离的方向。这是鸟的本能还是别的原因，只得让鸟类学家去研究了。

鹤对爱情很专一，婚配后一般不再分离，可维持终身，日本人常将鹤作为婚礼的祈祝之物。南非把蓝鹤作为国鸟。

口长百舌

鸫

寂静田野传来百啭音韵，
是百鸟在集会、在争鸣？

翠绿的叶底乌鸫笑回答：
别误会，是我独自在歌咏。

有人说我身上有百舌，
幽禁我，借以欣赏百种调门。

让我当个专业歌唱家，
隔断了大自然便一事无成。

有人说我能辨忠奸，
比现代西方的测谎器还灵验。

或许是昔日帝王专横无能，
分不清真假、本末、模棱。

一旦出现祸国殃民的奸贼，
定然在我们头上加以莫须有的罪名。

鸫，属鸣禽类，鸫科。乌鸫是瑞典的国鸟。它是世界上受到保护的珍贵鸟类之一。

鸫栖居在田野、村落或园圃里，喜欢在草丛间觅食枯枝落叶层内所隐藏的害虫，人们称它为“穿草鸡”或“窜儿鸡”。有人曾解剖过一只乌鸫，在它的胃里竟发现有一百多只蝇蛆。成群的鸫类对消灭田间害虫地老虎、玉米螟幼虫等有突出的贡献,是著名的食虫能手。

我国常见的鸫类有红尾鸫、乌鸫等,从新疆西部至长江流域和更南的地区都有分布。

鸫有点像八哥,但额无羽簇,全身乌黑,嘴呈鲜黄,显得朴素又雅致。在鸟类中,它是技艺高超的口技专家、歌唱家。每到春季繁殖季节,尤善于模仿画眉、黄鹂、柳莺的鸣声,学得惟妙惟肖。古人以乌鸫能“反复百鸟之音”,所以称之为百舌或反舌。杜甫有诗:“百舌来何处,重重只报春。知音兼众语,整翮岂多身。花蜜藏难见,枝高听转新。过时如发口,君侧有谗人。”诗的后两句,不过是想象、寄托而已,并没有科学依据。

可塑性之花

芙蓉鸟

芙蓉花该是杨玉环美的化身，
发亮的素白把墨黑深夜叫醒，
霎时相间红白挤瘦了肥大翠绿，
只只嫩手高擎红灯啊，又在迎接欢乐的黄昏。

芙蓉鸟比芙容花更加乖巧聪颖，
一入笼就适应了新的客观环境，
用画师的调色法转换自己服装，
以色彩满足不同视觉的需要。
坚持不懈地锻炼调整多种体型，
头上野菊怒放，一弯新月照明；
请看，它不断创新的杂技表演，
欣赏它从唱片里学到的现代歌声。
是掩盖野性，还是自我羞惭？
它戴起假面具接受宾客的物品。
是花花鸟鸟原有灵，
还是无知花鸟懂人情？
深思啊，年轻的朋友，
人类该有多大的可塑性！

我的住处“言志楼”门前有株秀丽的木芙蓉，花色变幻不断，先素白，逐渐变为淡红、殷红、紫红，红白相间……美不胜收。这使我想起了白居易用芙蓉形容杨贵妃的姿色的诗句：“芙蓉如面柳如眉”。

正如木芙蓉一样，芙蓉鸟野生时穿灰色的连衣裙，人工饲养后羽色变化了，有黄、绿、白、红、咖啡、灰褐等色，同时又有深浅、相间的差异。羽毛鲜黄的，叫金丝雀，素白的叫白燕或白玉鸟，黄白相间的叫花芙蓉。

它的体型经人工饲养后差异也较多，有普通型、直立型、弯月型、直角型、菊冠型等。

雄的雏芙蓉开始学唱时，最好是放在善于歌唱的老鸟旁边，或给它听唱片或听录音，进行有效的培训，使它成为有价值的歌鸟。善于歌唱的芙蓉鸟，歌唱时嘴喙微张，声音在喉中鼓动共鸣的为上品；如果张开嘴鸣叫，就称不上良种了。

芙蓉鸟原产大西洋中的略那利岛，约在 19 世纪 40 年代输入中国。除在城市饲养观赏外，河北、山东、江苏等省盛产粟黍地区也大量饲养，形成中国独特的品系。

芙蓉鸟性情温柔，体态娇小，鸣声宛转，饲养方便，是人们喜爱的名贵笼鸟之一，可为家庭生活增添乐趣。

她或许就是凤凰

孔雀雉

斑驳竹影下复印足迹，
把梦幻系在挺拔的高枝。
天，显得那么低。

面对长空鸣啼，
吟一首自嘲诗，
群山回应峡谷挤。

用烂漫山花缀舞衣，
剪几匹彩云当帷幕，
流水铮铮伴奏曲。

默默无闻在开拓事业，
却说是高傲、孤僻，
标新立异。

让子虚乌有的凤凰，
窃去了鸟类的桂冠，
崇高的荣誉。

孔雀雉，又名灰孔雀雉，属鸡形目雉科。体形像金鸡，稍小一些，羽毛很漂亮。雄鸟褐色的羽上有棕白色的横斑和细点，发状的冠羽长在头上，翎披在颈后，尾羽的末端有成对的眼状斑。雌鸟体型较小，羽色较暗淡，尾羽眼状斑不明显，也较短。

它栖息在云南、广东和海南岛一带的海拔一千五百米以上的森林、竹丛里，吃的几乎全部是在山地里寻觅到的昆虫和蠕虫类，有时也吃竹实，这跟传说中的凤凰是一样的。夜晚在树上休息，习性很高傲。

“《山海经》云，丹穴之山有鸟，状如鸡，五彩而文，饮食自然，自歌自舞。”——这是李时珍对凤凰形状、习性的概括。据此，有人对孔雀雉的习性进行观察，认为孔雀雉与传说中的凤凰有相似之处，而且孔雀雉是古代人很少见到的珍贵鸟类，很可能传说中的凤凰就是孔雀雉。或者可以说，以孔雀雉为原型．经过画家的想象描绘，诗人的夸张渲染，就美化为凤凰了。

孔雀雉以昆虫之类的动物性食物为主食的习性在雉类中是少有的，是珍稀观赏鸟类之一，在我国属二类保护鸟，应大力保护。

走出冤狱

麻　雀

朝夕相处
咱挺熟
媳妇上门来
跳跃欢呼
新楼庆落成
作陪末座
虽也怀着鸿鹄志
寄人檐下求委屈
对于人类
却献上一万个祝福

没料到
一度全族受围歼
说是破坏农业
罪同老鼠
偶尔若干幸存者
歇在高空五线谱
沉默、沉默、沉默
死寂的休止符

我细想，那年头
田里种的是稗
壅的是“左”
当然长草不长五谷
我这一张小嘴

同样填不满肚
只得吃苋稗种、害人虫
不信请剖腹
只因我
敢于议论、噜啉
祸从口中出

如今错案已纠正
为人民做点事深感幸福
是非功过
任世人评说

麻雀是世界上分布范围极广的鸟类。根据鸟类分类学家的调查研究，在我国境内繁殖的麻雀有五个品种，最常见的麻雀，也叫家雀、树麻雀，另外两种常见的是山麻雀和黑胸麻雀。山麻雀广泛分布在我国南方山区，外形很像麻雀，但脸侧没有黑斑，背上披着栗红色的外套。黑胸麻雀，在新疆南部广大地区的绿洲里繁殖，外形跟麻雀很相似，只是胸部有块很大的黑斑，它们不敢在屋檐下造窝，一般在路边树上造窝，这是因为相近种类之间互相排斥的缘故，也是自然界的生态系统内各类动物在分布和数量上保持相对稳定的一个条件。

麻雀常年留居，夏秋季节对小麦、水稻和高粱的危害十分严重。据鸟类学家统计，一只麻雀每天大约糟蹋 15 克粮食，累计起来数字是很可观的。当然在远离作区的城市、公园、森林、草原等广大地区，麻雀对粮食的危害就极少了，相反它们在繁殖期间衔虫喂雏，啄食杂草种子，对作物生长大有益处，同时对绿化树木、控制园林害虫还起着积极的作用。所以关于麻雀对人类的利害关系，需要作进一步研究。国际生物学规划组织(IBP)专门成立了“食谷鸟工作组”有计划地研究有关食谷鸟类，并对它们采取相应措施。

鱼类的老虎

翡翠鸟

千丈高崖壁立
一湾清流向东
它悬停在崖壁前方
如直升飞机凌空
是魔术
还是气功
巨大的利嘴
意志锻铸的铁锥
掘进，猛攻
沙石如雨纷纷下
似乎要把地球打通
深挖安乐窝
凉夏暖冬
高筑嘹望台
如电的目光紧跟鱼踪
箭出弦
潜入激流中
飞鸟变游鱼
闪光翡翠
斑斓玲珑
亲切一吻
游鱼化飞鸟
美餐供奉
分享它辛勤的收获
更有那明月清风

翡翠鸟，又名鱼虎、鱼狗，属佛法僧目，翠鸟科. 常见于我国各地淡水域中。长年留居福建、广东及海南岛，夏季遍布我国东部。

它喜欢在池塘、沼泽及多树的溪边活动，觅食鱼虾，有时也吃昆虫。常栖于树枝上或崖头，窥视动静，遇有游鱼即闪电般直飞捕捉。它的外形有点像啄木鸟，但尾短小，身披有金属光泽的翠绿羽毛，红嘴红腿，在阳光的照耀下，斑斓多彩，艳丽夺目。耳朵、胸颈、下体还杂以棕黄色、白色、橙棕色。

翠鸟在我国种类较多，长江以南就有一种赤褐色的翠鸟，称为赤翡翠，体色与大多数绿色或蓝色翠鸟不同。古人观察事物不细致，曾误以为赤褐色的翠鸟是雄鸟，绿色的是雌鸟。《异物志》里说："翠鸟如燕，赤而雄曰翡，青而雌曰翠。"现在经过考察，翡与翠是翠鸟的两种，可以断定古人称"翡"的就是赤翡翠鸟，古人称"翠"的就是蓝翡翠鸟。

翡翠鸟，是一种观赏羽色的鸟。刚捕到的成鸟饲养较难，开始要用活小鱼诱喂，以后再改用死鱼或昆虫。饲养雏鸟，就比较容易了。

温柔多情

黄　雀

唧依——唧依——唧依
年少的黄雀在苍松枝上啼
鸣声像它妈妈，悠扬清亮
七分自豪，三分悲凄
展开黄绿色的双翅
要起飞，又迟疑
这慈爱结的窝
深情织的衣
都是妈妈亲手制
身上有妈的余温
窝边有妈的血迹
母子情，怎分离

西移的夕晖
扯不断绵绵思绪：
待到妈妈归来时
伟大的母爱
如柔和的腰带
也是冷酷的镣铐
会捆住双翼
儿女志在四方
不该图安逸
困守这个小天地

亲爱的妈妈

再见吧
各自完成天职
你自己珍重吧
儿女要远走高飞！
探索，求知
冒险，进击
这才是青春的真正含义

黄雀，又称黄鸟、瓦雀、芦花黄雀，是一种小型观赏鸟。属雀形目，雀科。雄鸟上体浅黄绿色，头顶羽冠和喉的中央黑色，腹部白色而腰都稍黄，都带有褐色条纹，两翼的大部羽毛为黑色。雌鸟无黑色羽冠，上体微黄有暗褐条纹，下体近白色带黑色条纹。它杂食种子、幼芽、蚜童、昆虫等，是益鸟。

黄雀性情活泼，姿态秀丽，歌声悠扬，几乎整天歌唱不停。它每年二月营巢于松、杉树上，窝较考究，用须根、杂草编成，外敷苔藓，内垫毛羽。好结群飞行，多时达几百只，迁徙时可横过半个地球，途中时时停留觅食，栖息于临水的丛林或灌木林中。

经过培训，它还可以成为会戴面具的杂技演员。驯养时，先让它学会放飞，然后以硬纸板做成各种脸谱面具，后面用铜丝串成横条，用它最爱吃的饲料如苏子等引诱多次，使它形成衔取面具就能获得食物的条件反射。这样多次训练成熟，就可以上演了。假如你家欢宴，让黄雀表演，宾主共同欣赏它的技艺，很有趣味。

出色的导航员

海　鸥

天如水，水如天，
寂寞、孤单、冷清连一片。
你贸然从天外飞来，
叼近了遥远的海岸线。

层层浪，重叠叠，
太多的话录不进密纹的信笺，
你悠闲地在船舷抬打双翅，
抖落了多少离愁与思念。

低低地回翔，掠着水面，
是细听鱼虾絮语，还是游览海底洞天？
你身上装着鱼类探测器，
牵引着远航的渔帆点点。

迷航了，茫茫海天都是路，
雾弥漫，重重大山拦眼前，
又是你，给迷航者带回祖国怀抱——
安谧沸腾的港口海湾。

说实在的，你不是闲客，
是海上旅行者的亲密伙伴，
是海洋的清洁工，
是出色的导航员！

海鸥，是鸥类的一种。古人说“在海著名海鸥，在江者名江鸥”，其实海鸥与江鸥是同一种类。据鸟类学家考证，鸥鸟广布于全球海洋和内陆河川，有三十多种，在我国常见的有海鸥、银鸥和燕鸥等。

海鸥有潇洒高洁的外表，翼尖长，善于飞翔、趾间具蹼，能游水。

它是捕杀害虫的益鸟。1848年，美国人在开发西部圣地亚哥地区时，遇到了一次螟虫为害麦田的严重灾害，大片麦田几乎成为荒野。幸好盐湖上飞来成万只海鸥，很快地把螟鱼消灭了。为了表彰海鸥的功绩，圣地亚哥市建立了一座海鸥纪念碑，给后人瞻仰。

它主食鱼类、昆虫和多种水生动物，也喜欢捡食人们抛弃的残食和动物尸体，还会捕捉田鼠，是海洋的清洁工。

海鸥也是寻觅鱼群的向导，并能为迷航的渔船导航。它喜欢站在礁石上休息鸣叫，船只便注意避开了，免得触礁。渔民还把它当作天气变化的“晴雨表”。

宋人李昉是个养鸟迷，曾在园中饲养仙鹤、孔雀、鹦鹉、白鹭、白鸥等五禽，在五禽中把白鸥取名为“闲客”，这仅是从它的外表仪态取名，并不符合它的性格与行为。

亲密的宾客

燕　子

衔着秧苗的嫩翠
柳枝的鹅黄
桃花的嫣红
从春的故乡
来到春的故乡

在村头
水杉憔悴站路旁
暮春还穿着冬装
你早啊，多情的
燕子姑娘
好心的主人们为了点缀生活
风里涂了颜色
水里放进苦涩
这地头，长不出
鸟语花香
还是走吧，姑娘

好几年了
春来秋往
不忘怀
对主人的亲热与敬仰
啊，似曾相识
却是一幢高层楼房
豪华的装饰

冷冰冰的面孔
没有一处停脚的地方

剪断浓重的云烟
我告别水杉
无限惆怅：
努力加餐吧，哥哥
愿注意营养

水杉回答，热泪汪汪
我只有站着等待死亡
高高地飞翔吧，姑娘
祝你前程无量

旧居是块巨大的热能矿床
吸住我磁石心肠
等着吧，故乡的亲朋好友
我们还是要回来的，那时
不再是风雨凄伤
而是山清水秀
文明欢畅

燕子，在我国一般说来是夏候鸟，秋去春来，很守信义。东南亚、印度、澳大利亚一带是它的越冬地，极少数冬季也能在我国南方栖息。按一般规律，每年二月到珠江流域，三月初到砖江中下游一带，到四月底，出山海关也有它的身影。据动物学家统计，老燕回巢率为47.1%，有的能连续数年返回旧巢。

但是，近十年来城乡燕子的数字惊人地减少，主要原因是农药污染，滥捕滥打所致。近年新建房屋没有为燕子供栖息处所，可能也是一个因素，应引起大家关注。

燕子嘴喙短而开阔，飞行技术灵巧，能在飞行中捕食蚊、蝇、螟蛾和蚜虫等。有人统计过，一只燕子一天能吃掉蚊蝇七十多只，是著名的益鸟。因此，世界各国都把燕子作为保护鸟类，奥地利和爱沙尼亚把它定为国鸟。

燕子也用动听的情歌求爱，对爱情很专一。李白有诗云："双燕夏双飞，双飞令人羡慕。玉楼珠阁不独栖，金窗绣户长相见。”

常见的除家燕外，还有金腰燕，它与家燕很相似，就是多一条栗黄色的腰带，停栖在山区海拔较高的地方，营长颈的瓶状泥巢。比家燕灵巧，所以又叫巧燕。

爱情的象征

鸳　鸯

鸳鸯被，覆盖着爱的和暖；
鸳鸯枕，蕴藏着爱的温存；
鸳鸯亭，储留着爱的叮咛；
鸳鸯剑，铸造着爱的壮美；
鸳鸯石雕，在贞节坊长碑上，
为失了配偶而痛苦悲鸣。

鸳鸯啊，你是恩爱夫妻的典型，
小溪旁，情意绵绵的步行，
浓荫下，双双舞蹈共欢乐，
崖穴中，依偎交颈在安眠，
冰凌里，热情地嬉戏雪花，
煮沸了一湖冻结的明镜。

真像青年伴侣在热恋挚爱，
把甜蜜絮语撒在公园幽径上，
轻轻，
把热吻倒映在三潭印月里，
深深，
把山盟海誓刻在鸳鸯图案的信笺上，
更把爱情的脚印踩在狂呼喧闹的跳舞厅。

科学家冷峻的目光着透了迷信，
那鸳鸯也有寻找新欢忘却旧情，
但它仍不失为高尚爱情的象征。

年轻朋友啊，爱之丰碑应竖在心中，
不能像小孩子玩弄气球一样，
随风飘飘，或直上九霄，或化作为零！

鸳鸯，又名匹鸟，是我国著名的观赏水禽。早在《诗经·小雅》里就有“鸳鸯于飞，毕之罗之”“鸳鸯在梁，戢其左翼”的记载。李时珍在《本草纲目》里也说，鸳鸯“终日并游，有宛在水中央之意也。或曰：“雄鸣曰鸳，雌鸣曰鸯”。

它属鸟纲，鸭科。雄鸟头戴绚丽的羽冠，前头绿色有强光，后头有赤铜色的长冠毛，眼的两旁白色，颈旁黄褐，胸部紫黑，腹部白色。雌鸟的羽色不及雄鸟美丽，没有羽冠和扇状帆羽，体苍褐，胸腹间有白色浓斑，翼的表面色绀青。它多栖于水边，在高大树木洞穴中或岩缝中营巢，一般是衔取枯草或绒羽为材料。食植物或虫类，有时也吃点小鱼。拙于行走，善于游泳，性敏捷，不易捕获。

鸳鸯在我国历来为忠贞爱情的象征。唐代诗人崔珏因赋鸳鸯而闻名。当时有人称他为崔鸳鸯。鸳鸯确有“止则相偶，飞则相双”的特性，并非“人获其一，则一相思而死”。长自山自然保护区的科学工作者还做了多次试验，将成对的鸳鸯捕去其中的一只，结果失偶后的另一只鸳鸯不久便另找配偶，双双于飞了。

鸳鸯冬季在我国长江中下游以及东南沿海各省的水域上越冬，夏季在我国东北部的乌苏里江、黑龙江和长白山地区的水域中繁殖。福建省屏南县的白岩溪，每到冬季，鸳鸯群集，是著名的自然保护区。

鸳鸯被列为国家二类保护动物。

雀中之王

伯　劳

文笔倒竖
一百八十度旋转
变暴躁凶猛为温柔多情
舌头无骨
有人说它杀害同宗兄弟
罪该判处极刑

还是现代科学家精明，
将是非功过论定
维护它在鸟类王国中的
尊严、自由、平等

欢庆新生的盛宴
野味的浓香千里闻
风干的腊肉
日烤的鱼鲜
还有金龟岬、蜷象、熊蜂
无需陈年老酒
醉倒了贵宾

这绿色庭院
天然的跳舞厅
剪块白云当帷幕
月挂枝头是电灯
先行鞠躬礼

友谊舞曲灌进溪流录音
摇摇头，翘尾巴
扭屁股，狂接吻
它们弄不清
这是固有传统
还是西方舶来品
一只只
像断了线的风筝

伯劳，旧称鵙，是重要的食虫鸟类。世界上除南美洲外，都有分布。属鸟纲，伯劳科。我国最常见的有红尾伯劳、虎纹伯劳、棕背伯劳、灰伯劳等。大多数是留鸟。棕背伯劳，终年留居我国西南、长江流域以南直达华南地区。大型灰伯劳，分布在内蒙古、西北和东北地区。

伯劳的嘴像鹰，形大而强，上嘴有钩和缺刻，强健的脚还有利钩。凶猛好斗，弱小的鸟类只得敬而远之，逃之夭夭，所以有。“雀中之王”之称。

过去一般人都认为伯劳鸟专以其他鸟类为食，在同类中也经常发生激烈的鏖战，近年来研究结果证明，它主要还是捕食昆虫，兼食野生果实，所残害的小鸟在食物中占的比重很低，因而对农林业是很有益处的。伯劳鸟捕到鼠类等猎物后，常把它挂在有刺的树枝上，撕而食之，让其风吹日晒，作为干粮储备起来，为育雏期的雌鸟提供食物，这种本能在鸟类中是少见的。

雄鸟在“恋期”里不时做着各种求偶的炫耀姿态，又鞠躬，又摇头摆尾，并与雌鸟嘴对嘴地摩擦，如同接吻一样。

在古代不少文艺作品中，如梁简文帝萧纲和江总都的《东飞伯劳歌》等把伯劳鸟作为爱情的象征，一改它原来的个性。艺术的真实与生活的真实不是一码事，因而也不可能苛求一致。

海洋的侦察员

燕　鸥

紫燕巧于在蓝天漫游把云丝剪裁；
白鸥善于冲破波涛潜泳于碧海，
我们兼收并蓄紫燕与白鸥之所长，
遵循自然规律生活，适应新的时代，
因而天长地久，繁衍世族，永不衰败。

铁黑的嘴巴直如锥，暗灰的尾巴呈交叉，
在蓝空巡视，似乎有侦察机的气概。
遇到情况就突然一个跟斗倒栽，
捕捉惊逃的鱼群如潜水艇追踪敌人，
一溜烟，就把活蹦蹦的海鱼衔上岸来。

笑容可掬的容貌，灰白相间的色彩，
迎着浩荡的天风自若地低飞徘徊。
平时我们喜欢栖息于无人烟的孤岛，
春季到海滨或湖沼寻觅、消灭害虫，
人们见到我们真是喜出望外。

鸟类家族与人类家族相依存在，
这是不可违抗的客观规律自然生态！

燕鸥，日本名鲹刺，是属鸥科的游禽，种类很多，这是大部分种类的通称。

它嘴黑而强直，嘴端尖，飞行时嘴端往下，长与头相等，脚短细，前三趾小，有蹼，翼长而尖，下体色白，上尾筒全白，尾呈叉状。

燕鸥繁殖时，多数群聚在海滨湖沼河口，用海草做窝，产卵二三枚，约孵二十日而化雏。雌雄轮流孵卵，约一个小时就换一次班。燕鸥往往集上百只在空中盘旋、嬉戏，叫个不停。但在值谈孵卵的燕鸥却不介意，只要换班的伴侣在空中叫唤几声，哪怕是相距较远，声音较低，正在孵卵的燕鸥也会立即警觉起来，注视自己的“亲人”。

燕鸥分布在亚洲东南都. 在我国沿海一带常见的有白额燕鸥，体长约会25厘米，额羽白色，头顶和枕部黑色，冬季微缀白点，喙和足黄色，为旅鸟或夏候鸟，迁徙时溯长江而西，还旅经四川内陆。

制造燕窝

金丝燕

大太阳从云隙筛下的金丝
你悄悄捡来披在背上

画了多少个三角图形
横贴在辽阔浩淼的海洋

是撰写海洋工程专题论文
还是绘制现实龙宫设计图样

高峻的悬崖凹处的精妙小筑
海绵般柔软的地毯，珊瑚般瑰丽的栋梁
不是木构，不是砖砌，不是钢筋水泥
是唾液伴着心血筑成，没有半点夸张

这晶莹剔透的玉雕海碗
盛着你的智慧、毅力、理想
这补而能清的圣药，美味珍贵的名菜
乃是你口口声声呼唤来的琼浆玉液
当狂欢与贪婪在盛宴上碰杯时
谁想到你家已破了，子女夭折、流浪

金丝燕，属鸟纲雨燕科。它的上体羽毛黑或竭色，背部有金丝般的光泽，下体灰白。翼尖而长，飞翔能力很强，飞速每小时可达二三百公里。

它属于热带鸟类，多产于婆罗门洲、苏门答腊、新几内亚、马达加斯加和我国福建、广东一带。位于海南岛之东的大洲岛，也叫燕窝岛，所产的燕窝品质很高。

金丝燕营巢在断崖峭壁上，窝的构造好像长着海绵或珊瑚，浸在水里即柔软胀大，透析出白色的细条，这就是燕窝。燕窝由金丝燕花一两个月时间，纯粹用唾液凝结而成。也有人说是它吃进与真珠苔相似的海藻，经过胃液酝酿然后吐出胶质营造而成。采集燕窝以金丝燕的雏燕羽毛未发育齐全，等待出窝时的燕窝为上品。

燕窝是美味名菜、滋补佳品。相传，古代我国船只在海上遇难，船民采了燕窝泡洗充饥，首先发现了它。到了唐代，我国民间就有人用古玩瓷器与印尼土人交换过燕窝。明代，郑和下西洋时，从马来群岛带回一些燕窝献给明成祖，皇帝赞誉过后，名声大震。《本草纲目・补遗》中对燕窝作了评价："燕窝味甘淡平，大养肺阴，化痰止咳，补而能清，为调理虚损劳瘵之圣药。"据科学化验分析，燕窝确含有蛋白质及磷、铁、钙等多种滋养成分。因此，它与猴头、鲨鱼翅等齐名，进入高等筵席，为人类造福。

白衣使者

白 鹭

明净的湖畔
拖着瘦长身影
幽绿的浅草
留不住轻轻脚印
时昂首,时垂颈
你这白衣使者
是为抢救垂危病员
寻找最佳治疗方案
还是刚告辞疲劳
将杜甫的名句行吟

站立泽滨
是一株盛开的梨花
已有好久时候了
笔直的树干埋得深深
闪光的小鱼隐入树荫
却误入你的迷魂阵

蓝天
白鹭一行
如闪电
照亮了心灵
像歌颂雁行
人们赞美鹭序
但鄙视那屈膝奴颜

人们赞颂你高贵的洁白一身
但却有人眼红
当你处在逆境时
洁白的花朵上
滴下悼念的泪痕

鹭，属鹳形目鹭科。嘴尖长，有直沟纹，色黑，颈部细长，全身纯白，到夏季后头垂有数缕细长的白冠毛，毵之如丝。脚长色黑。它喜欢在湖畔河滨泽地活动，有时单脚站立在水里，长时间不动，等到鱼、蛇、蛙游到它的近旁时，灵活的颈就伸出锐利的嘴把它抓住。有时抓到大河蚌，它还能一次次叼起来往石头上猛甩，直到它震开了双壳，然后把肉吃了。

鹭的身很轻，群飞时秩序井然，所以古人以鹭序形容百官朝见皇帝时整齐的队伍，表现了婢膝奴颜。但它飞行时都是顺风，不适于逆风或烈风，往往在逆风、烈风时被捕获。

在我国，鹭有二十种，有白鹭、苍鹭、池鹭、沙鹭、渚鹭、灰鹭、紫鹭、牛背鹭、黄头鹭之分，又有大中小之别。其中最漂亮的还是大白鹭，它洁白的羽毛十分珍贵。早在周朝，鹭羽就成为隆重典礼歌舞时用来显示威仪的装饰。国外妇女曾一度流行用鹭的羽毛作装饰品。由于惨遭掠捕杀害，在一些国家和北美已近绝迹。它是我国东北向南直至海南、台湾，西抵甘肃西北部及青海、西藏等地区的留鸟。目前所有鹭类数量已急剧减少，是应该加强保护的时候了。

荷兰把白琵鹭作为国鸟。

人类的亲邻

家　鸽

从苍莽的山野
到雅致的高阁
如人类从洞穴
搬进摩天大厦
这雄浑的历史长河
该用什么勘测

从原始人
到试管婴孩
没有变形
而它们
却罩上高鼻子
戴上大眼镜
挺起圆球胸
披上花毛翎
还在尾巴插上折扇
仿效孔雀开屏
啊，简直是魔术师
手中的幻景

谁用浓墨、水彩
让它们畅饮
化为艳丽的服饰穿戴
走进它们的氏族
宛如走进花花世界

当它们中的强悍者
赤膊走进宴会厅
替主人款待
这无疑是献身精神
英雄气概

家鸽是由原鸽也就是野鸽驯化而成的，属鸟纲鸠鸽科。世界上鸽类就有五百五十种左右。由于它饲养简便，人们称它为“空中的家禽”。法国素有“鸽子王国”之称，据说有五千年饲养历史。我国养鸽的历史，据文献记载也有两千年以上。

鸽子一般可分为三大类，就是观赏鸽、食用鸽、信鸽。观赏鸽有多种多样的体态，多种多样的羽色，这与遗传学、优生学、胚胎学、育种学的作用是分不开的。

食用鸽，是驯化一种体型大、肉嫩、易于育肥的新品种。美国的王鸽、法国的地鸽和我国的石岐鸽等，都是人们熟知的食用鸽。

鸽子忠于爱情，雌雄形影不离。雌雄鸽轮流孵卵，经十八天孵化，父母又轮流从嗉囊里吐出一种腺体分泌物，也就是鸽乳，进行哺喂，直到雏鸽能自己啄食为止。

据说日本人在新婚之夜，新婚夫妇各吃一只鸽子蛋，这跟我国新婚夫妇喜爱吃一对汤圆差不多，都象征着爱情永笃，白头偕老。

鸽子虽是大家族，也应加强保护，让其家族繁衍。

花冠道士

戴　胜

古代美女戴花胜首饰，
你也因此得个文雅名字。

引颈鼓喉呼哮哮呼哮哮，
如诵经文伴奏晨钟暮鼓；
虽然你们未曾落发求戒，
人们又给山和尚的称呼。

贾岛诗曰："星点花冠道士衣"，
外号花冠道士最符合客观实际。

棕栗羽冠高树着庄严威武，
神秘色彩笼罩着红棕礼服，
你们的职业是除虫驱"鬼"，
驱"鬼"就得自留护身符。

你们的护身符是喷雾器，
敌军友军闻风一一回避。

藏护身符的是年轻道姑，
这机密终于被人们泄露。
原来是同鸡冠花一样的鸡冠鸟，
还有人干脆叫你们为臭姑鸪！

戴胜，几乎遍布全国，但数量不多。在村前屋后，人们常看到一种较奇特的鸟在觅食，它大小像八哥，全身棕色，双翅和尾巴主要是黑色，头上戴着一顶醒目的棕栗色羽冠，时开时合，如孔雀开屏般十分美丽。暮春三月，常发出“呼哮哮”“呼哮哮”三声一度的鸣叫，催农民春耕。它就是佛法僧目戴胜科的戴胜鸟。它的别号很多，有花蒲扇、山和尚、花冠道士、鸡冠鸟、臭姑鸪、发伞头鸟等。

它用那细长的嘴巴，捕食大量的害虫特别是地下害虫，为农林业生产立下大功。同时它羽冠华丽奇特，也是种观赏鸟。

繁殖期间，它常利用病树的自然洞，啄木鸟的旧居、岩穴营巢，巢用千草、树皮、羽毛等粗粗铺垫。这时，雌鸟从尾部的腺体中有一种黑棕色的奇臭油液喷射出来，臭气冲天，经久不退，因而这种恶臭无疑是一种护身的毒气弹，就凭这种武器，其他鸟类以及其他动物都避而远之，因而保证了繁殖期的安全。

报喜不报忧

喜　鹊

白雪，铺上鸭绒被，
红梅，迎春笑满枝，
你从城里叼来高跟女鞋，
为单身汉的奇数蒲鞋配对；
叼来了一张张大学毕业文凭，
山坳人不再拿状告自己；
叼来了信息、文明、富裕，
人们应接不暇，
恭贺一个个新禧。
你们群集在银河，
叠罗汉，要杂技，
让爱情的电流淬火在七夕。

啊，你这报喜之鸟，
享有崇高荣誉。
有人善于学习，
步着你的足迹，
不学心理学，洞察心理；
不懂观相术，看透脸皮；
无中生有张冠李戴移花接木，
要晴则晴要阴则阴要雨则雨。
站在高枝唱高调，
高翘尾巴得高飞。
假如世上不存在“恐忧病”，

你跟乌鸦差不多，
同科同地位！

喜鹊，是大家所熟悉的一种吉祥鸟。雌雄同色，羽色多样，有紫色光泽。体形明显，特征是尾长于翅，嘴脚粗壮。它的鸣声嘹亮婉转，受人欢迎。它属于雀形目鸦科，分布几乎遍及全国各地，沿海地区尤为常见。大多为留鸟。

《禽经》里说喜鹊“仰鸣则阴，俯鸣则雨，人闻其声则喜”。假如它自由自在地鸣叫、跳跃，可能是晴天了；假如在树上窜上窜下，乱叫乱嘈，就是下雨的预兆。

喜鹊建巢的本领很不错。巢多建在高大乔木的树丫上，用树枝筑成，很考究。营巢时能分泌一种粘胶般的液体，使枯枝之间有附着力，不致松散。内壁是泥和干草编织起来的。

外貌与生活习性跟喜鹊相似的，一种是红嘴蓝鹊，一种是灰喜鹊。

喜鹊是捕杀昆虫的能手，灰喜鹊更是消灭松毛虫的能手，因而得到人们的喜爱和保护。它还能衔集钱币和其他金属，这是本能作用，所以又有个不大光彩的外号：“偷东西的喜鹊”。

渺小者之路

蜂　鸟

鸟类王国中就算你最渺小，
似一颗颗绿宝石在空中闪耀，
小字辈不甘示弱要做大事业，
胸怀壮志敢与鸿鹄试比高。

悬停花丛，彩霞簇拥星星，
垂直升高，火箭射上云霄，
往后飞翔，仰泳健将猛进，
一鼓作气，穿越万顷波涛。

平生执着地追求甜蜜生活，
在向阳枝头将小筑营造；
愿天下有情人都成眷属，
为深居简出的花姑娘牵线搭桥。

凶恶的山鹰欺你如此弱小，
妄图积少成多填补饥饿肚角，
你用如针尖嘴狠戳它的眼珠，
山鹰忍着剧烈的疼痛逃之夭夭。

战斗的胜利使你的脑袋膨胀发烧，
不幸却落进猛蜘设置的圈套。
生活的道路如羊肠弯弯曲曲，
渺小者啊，未知你们作了哪些思考？

蜂鸟，属雨燕目蜂鸟科，有好几百种。主要分布于南美和中美。沿美洲西岸往北直达南阿拉斯加，都有它们的踪迹。它是鸟类世界中最小的一种，产于墨西哥至阿根廷一带的闪绿蜂鸟又是蜂鸟科中最小的一种，比黄蜂还小，卵跟豌豆粒差不多，只有 0.2 克。

它的羽色极其艳丽，有金属光泽，足柔弱，嘴细长呈管状，舌伸缩自如。常飞行花间，取食花蜜和花上的小昆虫。一般筑巢在树枝上。育雏时，雌鸟亲以长嘴置花蜜于雏鸟食管内。吮吸花蜜时，它并不停落在花蕊上，而是悬停在空中。一对狭长的翅膀，既能向前飞行，更能朝后飞行，垂直起落，如直升飞机，飞转极其自由。有些种类的蜂鸟不仅可以飞到海拔五千米高的山上，而且可以用每小时八十公里的速度飞越海面，甚至有一种蜂鸟每年竟要飞渡八百公里宽的墨西哥湾。

蜂鸟的大敌有山鹰、猛蜘。蜂鸟可以应付山鹰的进攻，却避不开猛蜘的迷魂阵。南美洲的猛蜘，在蜂鸟巢边结网，捕食蜂鸟和卵，吮吸它的血液。猛蜘的毒腺所分泌的液汁，有剧毒，蜂鸟往往逃不了它的罗网。

空中的狮虎

苍　鹰

天空，是面蔚蓝的大锣，
你用平衡的双翅轻轻掠过，
在铜镜上刻下雄伟的身影。

大地，是面牛皮裹的大鼓，
你用弯曲的喙尖频频击过，
发出沉重、浑厚的声音。

上天下地，
击锣打鼓，
雷电交加，
风雨大作。
号称天上狮虎，
清除民间蛇鼠。

你是地球的修补匠，
用雷声开道，回盼古老，
向未来的世纪探索。

你是星际的旅行家，
用电光照明，
辟开乌云，走出一条航天新道路！

狮子和老虎是凶猛的，人们称它们是“兽中之王”。鹰是猛禽的典型代表，所以称它们为空中的狮虎。

苍鹰，省称鹰，属隼形目鹰科。全世界约有三百多种。在我国最常见的除苍鹰外，还有雀鹰（鹞鹰）、赤腹鹰等约五十多种。分布于我国东北以至云南、广东、广西等地，繁殖于西伯利亚和我国小兴安岭等地。

苍鹰，翼短而宽，先端圆，尾较长，飞翔时往往是扇翅和滑翔交替进行，呈直线状飞翔。山鹰是目前已知飞得最高的鸟类之一。我国登山运动员两次登上珠穆朗玛峰，都看到山鹰在峰顶飞翔，高度应在九千米以上。

鹰以野鼠、蛇、蜥蜴、大璎昆虫以及小型鸟类为食，特别喜吃野鼠等热血兽类。一只在高空翱翔的鹰能把地里窜跑的老鼠看得清清楚楚，而且以闪电般的速度俯冲捕食，可见它视力的敏锐。

鹰是埃及神话中最大的神，直到今天，埃及、墨西哥、多米尼加、伊拉克、波利维亚和阿尔巴尼亚等国的国旗、国徽或钱币上，都以鹰的图案为标志。波兰以雄鹰为国鸟，智利以山鹰为国鸟。阿拉伯东部海湾南岸的阿布扎酋长国，家庭普遍养鹰。

长翅膀的邮递员

传书鸽

日月沉沦时
天外叼来橄榄枝
从此解人颐

两地长相思
千里迢迢牵情丝
心心连一起

孤城围困急
枪林弹雨传机宜
城解兵出奇

碧空定方位
头内有片磁性组织
万里无差异

有双千里眼
视膜神经大密集
犹如竖标尺

有对顺风耳
次声隔山听清晰
确似装电子

疑问重重锁
未来学者得知之

科学是把金钥匙

传书鸽，就是通讯鸽。人类把鸽子用于通讯上，已经有悠久的历史了。

《圣经·诺亚的方舟》中就有鸽子传递信息的故事，这虽然是神话，但鸽子衔回新的橄榄枝，证明洪水已退，鸽子可以传递信息是无可置疑了。

我国在西汉时，张骞出使西域曾用鸽子传书。五代王仁裕写的《开元天宝遗事》中也有“飞奴传书”的记载。

第一次世界大战中，德军包围了法国的凡尔登城，法军就是用通讯鸽传递情报，才挽救了城中千万人的性命。

更令人难以解释的是，几年前美国西弗吉尼亚州的助理行政官马克·彼德斯捡到一只翅膀受伤的鸽子，由十二岁的孩子安东尼把它喂养痊愈，从此天天在一起。后来安东尼得了急病送到一百多公里的一个现代化医院里，这只鸽子在没有任何目标和消息的情况下，冒雪找到了安东尼。

信鸽千里飞行，凭什么能把握方向，重归旧居呢？据科学家研究，信鸽的头部有一小片磁性组织。当它在陌生地方起飞，便会向久居的方向飞行，因为那里磁场感觉最适应它的习惯。它的眼睛结构也很特别，有上百万根密集的神经纤维，视网膜内有一百多万个神经元。这些神经元，具有一种特殊功能，通过复杂的活动，可以发现目标。鸽子的耳朵也极敏锐，能听到传至千里而不衰减的人耳听不到的次声。地球上每个地方的次声都不相同，鸽子可根据故居次声的频率找到自己的故居。另外，鸽子的嗅觉能力也很强。这些都是它长途飞行不迷失方向和目标的原因。

信鸽在通讯技术现代化的今天还有很大的作用。英国普里求斯达文波特医院用信鸽传送血液和皮肤标本，它们的速度比汽车还快。美国康奈尔大学训练的鸽子能看到人眼和脊椎动物所无法看到的紫外线。

背黑锅

乌　鸦

依稀里
星星寻找旧居
朦胧中
铁窗锁住冷月
同是天涯沦落者
天下乌鸦一般黑

黑头、黑手、黑尾巴
黑帮、黑话、黑书页
不许辩解
白颈的也是黑
白专的也是黑
以及所有近墨者
都是不祥之兆
罪恶之根源
统统要消灭

真理的呼唤
铮铮如铁
殷切的议论
裹着鲜血
也被挂上黑标签
视如毒蝎
一律禁绝
啊，难以想象的死寂

那无声世界

多么有幸呀
伟人平反冤狱
鸟通人情
人知鸟性
人类鸟类同欢乐

乌鸦，全身乌黑发亮，翼的基部暗褐色，有绿光。嘴巨大，足强壮，鼻孔常被鼻羽。俗称老鸹，省称乌。它是鸦科部分种类的通称，几乎全世界都有分布。

在我国城乡常见的有大嘴乌鸦、秃鼻乌鸦、白颈鸦，寒鸦、渡鸦等，往往在秋冬季千百只群集在城市的公园里和高大建筑物的楼顶过夜，清晨到郊区田野觅食。它们大胆、机敏，对闹市、车辆、灯光以及城镇各种喧闹噪音都不感到害怕。过去民间视为神鸟，生物学家把它列为最进化的鸟。

有人观察到，曾有两只乌鸦衔着一只死鸦飞到池塘上空，将死鸦抛进水中，进行水葬，一群乌鸦盘旋在周围，发出凄厉的哀鸣，然后飞去。乌鸦似乎还通“人情”呢。经过驯化的乌鸦，还会摇铃、叼牌、翻画册，甚至还会学人语。

乌鸦是杂食性鸟类，食昆虫、谷类，也吃垃圾堆中腐臭的动物残肉，它对保卫森林和净化自然环境很有利。它常把松果等吃剩的食物储藏起来，上面盖上杂草泥沙，储粮备荒。

《本草纲目》说乌鸦“肉治瘦病、咳嗽，骨蒸劳疾，胆点风眼红烂”。

“乌鸦叫，祸就到”，说乌鸦是不吉祥的鸟是没有科学根据的。它的鸣声喧噪刺耳，不过是一种本能，绝不能预卜人们的吉凶。

乌鸦的冤案应于彻底平反，它的劳动应得到人类的尊重。

森林医生

啄木鸟

白云深处
笃笃木鱼声
把莽莽林原
在清冷中惊醒
又似乎是地球肚里
在掘进、掘进
人类幸福的能源
藏得很深很深
绿色的梦幻
溅起火星

你，是颗沉默的螺丝钉
看不到低头哈腰的身影
听不到甜甜蜜蜜的歌声
这很平常的现象
却使讳医忌药者反感
绷紧某一种反常神经
这家伙，从不露面
别有用心
对绿色如此憎恨
该用森林法予以严惩

谁知道
你天天用坚啄的锥
长舌的剑

歼灭绿色的敌人
你是少年林木的保姆
老年病树的医生
鸟类王国的白求恩
为炭薪林输送热忱
为防护林镶边镀金
为风景林增添色彩
就连那不可雕的朽木啊
也枝壮叶茂恢复青春

啄木鸟，全世界有二三百种，除澳洲外，都有分布。它属裂形目啄木鸟科。我国已知的有二十八种，主要有绿啄木鸟、棕啄木鸟、斑啄木鸟、白背啄木鸟、姬啄木吗、红胸啄木鸟、黑啄木鸟等。栖居在太平洋的加拉帕戈斯岛上的啄木燕也是它的同族。

它们都是树栖攀禽，营巢在树洞里。喙强直尖锐，可用于凿开树皮，舌细长，伸缩自如，尖端列生短钩，适于钩食病树里的蛀虫，具对趾形足（即二、三趾向前，一、四趾向后），尾呈楔形，羽轴粗硬，啄木时可以支架身体。每天可消灭上百条藏在树干中的害虫。八十亩面积的森林如果有一对啄木鸟就可以免遭虫害，真不愧为“森林医生”。

啄木鸟的工作默默无闻，不大用鸣声而是用动作表达情绪。一只雄鸟为了让雌鸟知道自己的住处，它常常急促地敲击病树洞，有时甚至飞到雌鸟身旁，用嘴和羽翼引诱对方，然后配对成双。

啄木鸟在人们心目中是好感的，但也有人贬低它。可引元人陈高的一首占诗为证：“啄木鸟，啄树枝，头红如血口如锥。终口啄木长苦饥，木心有虫不肯啄。天生尔禽复何为？吁嗟乎！啄木鸟，佳木蠹尽知不知？”其实，此诗是另有寄寓，并不是真正在指责啄本鸟。

外科医生的助手

山　雀

宽纵纹黑兜裹腰，
灰绿风雪衣披肩，
灵巧短小身材，蹦蹦跳跳，
很醒目，是位黑头小白脸。

在舞台上习惯于当配角，
在森林里乐意做警卫员。
让啄木鸟埋头战斗于坑壕，
它用目光编织了严密封锁线。

一旦发现雀鹰的刀光剑影，
它立即发出信号报告险情，
双双起飞，潜入浓绿深处，
避免了一场流血牺牲。

啄木鸟也深知爱憎恩怨，
特邀请山雀参加丰盛的会宴。
侃侃细谈战斗历程的艰辛，
频频举杯感谢无私的支援。

赞美啊，赞美团结、互助、友爱的精神，
歌颂啊，歌颂热汗、鲜血凝铸的诗篇！

山雀是啄木鸟的亲密战友，形影不离。啄木鸟在树洞里挖虫时，常常把松毛虫等扔给树下的山雀吃。山雀总是当它的帮手，给它站岗放哨，发现敌情，即发出警报，双双飞逃。啄木鸟与山雀这种互助友爱行为，也是一种“共生”现象。

山雀，是小型鸣禽，山雀科各种类的通称。它的种类很多，全球除南美洲外都有分布。我们最常见的是白脸山雀，又叫大山雀。别以为大山雀有个“大”字身材很大，其实它的身材还没有麻雀那么大，但长得比麻雀漂亮、标致：黑头、白脸、灰肚、灰绿背，一条黑尾巴又细又长。营巢在树洞或墙缝里，用树皮纤维、草根、苔藓、羽毛等编织而成。它的食量很大，一昼夜所吃昆虫总重量，约等于它的体重。它是人们喜爱的笼鸟。

我国另一种常见的山雀是沼泽山雀，生活习性跟白脸山雀相似，只是音色较低沉。

分布在台湾的有瑶雀。

此外，还有灵雀、日雀、琼雀、青山雀、荏雀、缟日雀等都是著名益鸟。

破坏甜蜜生活

蜂　虎

变色的名词
添翼的虎

海陆空
锻炼苦功夫

蛙学狗坐样
你借虎威武

一声长啸
风暴卷园圃

吹倒爱恋之树
刮落深情之果

蜂的歌被刀砍
蝶的舞受捆缚

崩溃了百层大厦
破灭了甜蜜的窝

既有勤劳善良的蜜蜂
为什么又有贪婪残暴的蜂虎

上帝啊，你哪里会造物
简直是昏庸无能糊里糊涂

蜂虎，鸟纲，蜂虎科各种类的通称。体大的如鸽，小的如燕，嘴细长，稍弯曲，尖端锐利，口角在眼下，脚甚短，有跗蹠部，向前三趾略结合，后趾最小。翼长而尖，尾稍呈叉状，羽毛美丽，有金属光彩。产于东半球温暖的地方。

在我国分布较广的是栗头蜂虎，嘴细长而微弯，羽色鲜丽，体羽大部以蓝绿色为主，头顶至颈后栗色，中央尾羽狭长而突出，栖息于丘陵、林地。它广布于东南亚一带，夏季在我国东南部可以见到。海南岛终年都有，是留鸟。

蜂虎性情活泼，喜欢群居，常在河畔或绝壁上营巢，卵色纯白。它喜在水中嬉戏、潜游，进行水浴；又经常在砂碛里滚爬，伸颈扑翅，进行沙浴；加之平时的太阳浴，可以说它十分注意健身保养。

蜂虎巧于飞翔，徘徊于花园或菜圃，捕食昆虫，最嗜食蜜蜂、胡蜂或蝴蝶，所以俗称“食蜂鸟”。它食下不消化的东西，就成团吐出，好像牛反刍一样。蜂虎，有益于农林业，不利于养蜂业。

生态平衡保卫者

鸢

缩小了的
伟岸身影刻纸
贴在中天
淡蓝的底
黑褐的图
银白的边
是仙女垂钓的纸鸢
但,没有线
挂不住
倒悬的思念

你俯瞰
万仞深渊
方圆百里的山水房舍
摆进小盆景
潜行的蛇
疾窜的鼠
逃不出你的眼帘
破云雾
一步跨下人间
用带刀的嘴接吻
以铁钩的爪握手
畅饮,在野味馆

黄昏

侧着脸
高耸双肩
半睁的眼
一闪一闪
似乎还冒烟
回味苦斗的甘甜
展望前程的惊险
啊，老侦察员的形象
忠诚卫士的肝胆

鸢，俗称饿老刁、老鹰，属鹰科。上体暗褐杂棕自，耳羽浓褐，所以又叫“黑耳鸢”。下体大部分为灰棕色带黑褐色纵纹，各羽轴黑，拨风羽亦黑，翼下具白斑，尾长，尾尖分叉，嘴蓝黑。四趾都是钩爪，跗蹠部之前面为盾状鳞。栖止时常耸双肩，四面环顾。

鸢的视力特别发达，飞行技术高超。平时既不疾驰飞掠，也较少振翅远航，只是在小范围内盘旋不止，有时也在空中悬停，一动也不动，连翅膀也不扇一下，似乎是贴在天上。假如发现地面有蛇、鼠行踪，立即俯冲下来，一下子就将猎物抓起饱吃一顿。鹰、鸢之类吃肉的本事很强，每天可吃三公斤以上。我国有的边陲地区人死后进行天葬，就是把尸体剁碎，让群鹰叼去，说是上天了，吃得越干净，说明死者升天越快。

不分鲜肉、臭肉，鸢都嗜吃，对净化环境有利。鸟类专家认为，鹰、鸢这类猛禽数量有限，它们所捕食的鸟兽大多是老弱病残者，也有利于动物的种群更新。

鸢的分布几乎遍及全国各地，终年留居。我国古籍里叫鸱，《本草纲目》里说它的头“主治头风目眩颠倒、痫疾”，还传说，唐肃宗张后专政，每进酒置鸱脑于内，能令人久醉健忘。这是否有科学根据，只好让药物学家去证实了。

吃力不讨好

鸬　鹚

蚱蜢船栖息在河泽
船舷一群黑蓑笠
春钓繁花，夏钓风雨
秋钓圆月，冬钓残雪
钓不完一生的饥渴

老渔翁脸上会说话的漩涡
暗示你往水底绿波竞飞
擒住龙子龙孙知多少
从不惊动沉睡千年的翡翠
辛辛苦苦捞来个绰号叫“乌鬼”

有人说你们无法无天
公然吞没活蹦蹦的水产资源
理应收进监狱依法处斩
黑蓑笠满腹苦衷无从倾诉
船尾的短烟筒沸腾着贪婪而欢乐的浓烟

1976年出土的河南安阳殷墟王妃“奴好”墓的玉制葬品中，就有鸬鹚、仙鹤、鹦鹉等图案，可见早在殷商时代，鸬鹚就为人所喜爱了。

鸬鹚，又叫鱼鹰、水老鸦、墨鸦、乌鬼，属鹈形目鸬鹚科。它羽毛乌黑，有绿色的金属光泽。上嘴钩曲而尖，下嘴直扁，鱼被衔住，不易滑脱。它一下水，神出鬼没，能把鱼抓上来。如果遇到较大的鱼，往往由数只鸬鹚一起衔着，抬上水来，很有意思。

它的四个脚趾之间有一个完整的蹼膜，称为“全蹼”，极善于划游，拙于步行，略能飞翔。它冬不怕冷，夏不怕热，而且非常耐饿，好几天不吃东西也能照常活动。

鸬鹚的食道前端有一个膨大的喉囊，可以暂时贮藏捉到的鱼。渔民用草轮、麻环箍在它的颈间，捉住的鱼就吞不下去，然后将鱼取出。我国过去不少地方渔民采用这个办法捕鱼，据说一只鸬鹚每年可捕鱼千斤以上。

鸬鹚营巢于苇丛中或矮树、峭壁上，广布于我国各地。我国青海湖是著名的鸬鹚繁殖、群居之地。

与蚌相争

鹬

我漫步在柔软沙滩上
瞅见袒露着玉骨冰肌
啊，是蚌姑娘
你是刚从湖沼深处沐浴归来
此刻正接受阳光抚摸的温煦
还是遭到严重的不幸
此刻已经昏迷

同情与爱恋
驱使我投入你的怀抱
一百次亲嘴
做急救的深呼吸
突然，我的嘴巴被紧紧钳住
如雌雄剑凝固在钢水里
啊，我已经失去了自由
丢弃了锋利的武器
深藏的敌人在猖狂活动
枯萎的稻禾垂头丧气
作为稻田的卫士
这种失职使我终身遗恨
蚌妹妹，原谅我吧
别再误会，放我回去

蚌姑娘声泪俱下
我正在孕育珍珠

制造光明
为人类贡献微力
既然你揪住我的心不放
只好一起毁灭

鹬喙是矛
蚌壳是盾
矛盾对立在一起
这对渔者最有利
可是聪明的渔翁
把目光放到未来时日
让鹬鸟飞回稻田
继续完成它的天职
把河蚌养在池塘
抒写一串晶莹诗句
千年“鹬蚌相争”的故事
终于以喜剧大团圆结局

《战国策·燕策二》中记载：赵且伐燕，苏代为燕谓惠王曰：“今者臣来，过易水，蚌方出曝，而鹬啄其肉，蚌合而钳其喙。鹬曰‘今日不雨，明日不雨，即有死蚌’。蚌亦谓鹬曰：‘今日不出，明日不出，即有死鹬。’两者不肯相舍，渔者得而并禽之。”这就是“鹬蚌相争”的故事，在民间广泛流传，有的地方还扮成大蚌、鹬鸟、渔翁，演出了“鹬蚌相争，渔翁得利”的舞蹈。

鹬是鹬科多数种类的通称，有时专指鹬属各种，体型大小差异很大，羽毛多为沙灰、黄、褐等平淡色调，密缀细碎斑纹，喙细长而直，脚很长，适于涉行浅水。常见的有白腰杓鹬，头戴黑褐披风，腰束白腰带，尾羽淡灰黄。

它是我国南方常见的涉禽，在沼泽、河川周围的草丛中营简陋的巢，喜群居，警觉性颇高。鹬群中如有一只发生意外，群鹬集于受难者的上空盘旋飞翔，发出凄厉的鸣声。

它喜欢在稻田、河滩觅食，不大怕人，当人离它很近时才突然起飞。食稻田中的螺蛳、蜗牛、甲壳虫以及各种蠕虫。有些危害水稻嫩苗的害虫，常躲在叶梢或淤泥里，较难发现，但却逃不出鹬鸟的眼睛。它是水稻田的卫士。

鹬肉味鲜美，有点像鸡，但不要乱捕滥杀。

会说人话

鹦　鹉

勘察队员走进原始森林的热带
为祖国寻找遗留在地心的矿脉
“同志，辛苦了！”我用熟练口语
把滋润的问候洒满他干渴的心怀

我的祖辈曾是贵族们的奴婢
背诵帝王歪诗字字蘸着血泪
“谢万岁”虽然取得“龙颜”喜悦
但终生摆脱不了金笼的苦闷与悲哀

驱散满天阴霾，大地百花盛开
我们在人民公园获得真正的爱
将“花好月圆”赠给双双情侣
向来自农村的专业户：“恭喜发财！”

对外开放，五大洲的宾客频频到来
忙得很啊，我们也滥竽充数出面接待
“Hello HelIo!”鼓掌欢迎高鼻子贵客
点头送走蓝眼睛的佳宾：“Good bye. Good bye!”

《字说》云：“鹦鹉如婴儿之学母语”，所以字从婴母，亦作鹦鹉，大者为鹦母，小者为鹦哥。

鹦鹉会说人话，这是大家共知的。传说，杨贵妃喜爱鹦鹉，为了讨好皇上，有人朝见唐玄宗时带去一只珍贵的鹦鹉，它竟学舌作语：“谢万岁”“谢万岁恩奖”。唐玄宗大喜。五代时号称花蕊夫人的前蜀王王建之妃，为了取得君王恩宠，“碧空尽日教鹦鹉，念得君王数首诗”，足见其用心之苦。

鹦鹉会说人语，并不是它有声带，有思维能力。而是它肉质而柔软的舌根很发达，能动，气叠部又有特别的构造，它的学舌，只是一种条件反射，只能学会有限的简单的语言。所以《礼记》里说得好，“鹦鹉能言，不离飞禽”。

鹦鹉是热带鸟类，属鹦形目，鹦鹉科。品种很多，连同人工培育的品种，全世界约有六百多种，较为著名的有南美洲的金刚鹦鹉，非洲的灰鹦鹉，澳洲的葵花鹦鹉。分布在我国广东、广西、云南、四川等地的有俳胸鹦鹉、挂线鹦鹉等，它们多栖息在热带和亚热带森林中，营巢于岩洞或树穴里。

鹦鹉衣冠艳丽，能说会道，在鸟类中是出类拔萃的。但不善于捕虫，这可以说是它的小缺点。

金衣公子

黄　莺

柳丝如帘，编织着
婉转的啼声
淡紫的云烟

溪流浪尖
跳荡着清脆的音韵
芬芳的落红

夜半
你啄开梦的团圆
挖出深藏的思念

金辉闪闪
一位俊秀可爱的形象
绽现在眼前
游子归来吧
春风已驱走了严寒
她猛扑过去极力呼唤

抱着的是半轮残月
远方零丁老汉梦境里
拥抱的是另外一半

黄莺的别名有黄鹂、黄鸟、黄栗留、黄伯劳、楚雀、仓庚、红树歌童等，属雀形目，黄鹂科。

夏季分布于我国和日本，冬迁马来西亚、印度和斯里兰卡等地。主食林中有害昆虫，如蝗虫、松毛虫、松叶蛾、地老虎和蝇类等，也食部分果实，是平原、山地树林中常见的珍贵益鸟。

雄鸟羽毛金黄而有金属光泽，头部有绕着眼周直达枕部的黑纹，翼和尾的中央黑色。雌鸟羽色黄中带绿。由于它羽毛金黄艳丽，唐明皇李隆基曾誉之为"金衣公子"，这在《天宝遗事》中有过记载："明皇于禁苑中见黄莺，呼为金衣公子，又名红树歌童。"

黄莺营悬巢于高高的阔叶树上，形似深杯，如摇篮般，春末夏初繁殖，每次产卵二至四枚，卵呈浅玫瑰红色。幼鸟头部无黑纹，身上有纵条黑褐色条纹，后来才逐渐披上金衣。

它的鸣啼音调美妙多变，如流水行云，非常好听，有人称它是"黑管吹奏手"。

保持晚节

白头翁

黄昏，雨后梧桐滴翠
你两口子在漫步徘徊
暗褐色外衣，橄榄灰夹背
朴朴素素，显然是老学者穿戴
地上鹅蛋石窥视你修长身影
枝头小喜鹊聆听你吟诗作对

晚霞展现出绚丽灿烂色彩
映着你鬓发，一丛黑一丛白
雄健的脚腿，有力的两膀
很不相称的打扮——未老先衰
是凌云壮志未酬付之东流
还是经受霜雪使你心花枯萎

不料，你俩却呵呵大笑，拍拍胸怀
这完全是客观规律，自然生态
金丝燕为制造幸福洒尽心血
通讯鸽为世界和平献身大海
只要对人类的进步有所贡献
何必为增添几根白发就那样感慨

白头翁，是我国长江以南地区常见的食虫鸟，对农林业大有益处，因鸣声嘹亮动听，也常被饲养为观赏鸟。学名白头鹎，属鸟纲鹎科。

它的体长约十九厘米，比麻雀稍大一些，头顶黑色，眉及枕羽白色，老鸟枕羽更为纯白，远远望去，如白头老翁，所以俗叫白头翁。背及腰羽大部分为橄榄灰绿色，翼及尾部稍带黄绿色，喉部白色，胸部有一灰褐色宽纹，好像穿着背心。脚黑褐色，很强健。

白头翁喜欢活动在丘陵、平原及住宅附近的树林和灌木丛里，选择桑树、梧桐、油茶等乔木或灌木丛营巢，以茅草、芦苇、植物纤维为原料，呈杯形。

它两翅有力，飞行很快，但不作长途旅行。喜欢双宿双栖，被作为夫妻和睦、白头偕老的象征。

还有一种外形、羽色酷似白头翁的黄臀鹎，不同的是头部羽毛黑色，尾下覆羽黄色，在我国甘肃东南部、陕西南部、长江流域以及在闽粤地区，均为留鸟。

梁祝爱情之魂

寿带鸟

这丛竹
疏疏密密
肥肥瘦瘦
是郑板桥笔意
在亿万个绿色音符中
扎个草庐双栖
让爱情的故事
在这个坟墓里结局

多少年了
不能忘却的回忆
借得深潭照影
宛如下凡的仙女
横穿林间
如掷出繁花一束
华丽的长彩带
漫卷云岫
向着长空飘逸
甜蜜的情海
掀起惊涛骇浪
暗藏险恶礁石
你俩拥抱着
在巨鲸口中消逝

坚贞的灵魂

化为你——寿带鸟
在深山密林里隐居
岁月的流水
漂白了你一身彩衣
清妆素裹
永远留着哀悼的印记

寿带鸟，飞时其长尾飘飘如魂幡，过去有人叫它魂幡鸟、长幡鸟，又名绶带、一枝花、练鹊、长尾翁等，属雀形目，鹟科。

寿带鸟生活在山区树林、竹丛间，有一定的活动范围。营巢于绿色树杈间，以树皮、草叶为材料，巢呈杯状，壁薄而坚实，外壁满缠蜘蛛丝。它是对巢卵保护警惕性最高的一种鸟，繁殖孵化期间，发现稍有干扰，甚至近旁的树枝摇动，也就弃巢而去。

它广布于我国东部和中部地区。夏季清晨四点钟，就能听到它清脆悦耳的“你找谁，你找谁”的声音。这就是寿带鸟的求偶歌唱。

寿带鸟有白、栗两种不同的色型。嘴基宽阔，适宜捕捉飞虫，它吃的食物几乎全为昆虫，如天蛾、松毛虫及其幼虫和卵等，是林区除虫能手。

寿带鸟拖着长彩带翩翩起舞，飘然若仙，人们认为它们是梁山伯与祝英台的化身。晚年的寿带鸟全身素白，好像是为了悼念失去的情侣呢。

舌头有秘密

八　哥

是你笨拙还是你的主人聪明
竟让你忍着剧痛给舌头整形
巧拟人语亲近形形色色社会
模仿他鸟啼叫感应人的心声
主人泰然自若脸上浮现欢欣

舌头，是微不足道的一张嫩芽
变幻无穷其中大有学问
深切体会甜辣苦涩的滋味
尽情表达喜怒哀乐的人生

你的主人原是地下女党员
被捕后喝过辣椒水坐过老虎凳
在你祖辈的启迪下她将自己舌头剪断
剪断了敌人进入红色苏区的路线
晚年为她说话的只有手和眼睛

有人在你的舌头里学过游泳
晴空万里吐口气能驾雾腾云
用一块黑布妄图遮住中天红日
要大千世界倒退到盘古前的混沌
生物学家能否给这种人调换舌头神经

八哥，学名鸲鹆或鹏鹆，属雀形目，椋鸟科。李时珍在《本草纲目》中说："此鸟好浴水，其睛瞿瞿然，故名。"八哥早就受人喜爱，晋代就有模拟鸲鹆的舞蹈，叫

“鸲鹆舞”。东晋谢尚在宴会上表演了这个舞蹈，得到宾客的赞扬。

它比斑鸠小，穿着有光彩的黑色衣裳，额前有羽冠，两翅有白色翼斑，飞行时尤其明显。从下面往上望，有如八字，因而给它一个名字叫八哥。它分布在我国云南、陕西、河南以及长江流域以南地区。喜群居，常在大树上成群栖息，或在屋脊上成排站立。夜晚常与椋鸟、乌鸦混杂共栖，营巢多在树洞、古庙、古塔等建筑物墙壁的裂隙中、屋檐下。春耕时，多成群结伴在农田中觅食昆虫，有些还常飞到牛背上啄食寄生在牛背上的虻、蝇等，或跟在耕牛后面，啄食翻犁出土的蚯蚓和昆虫。

《藏器》这本书里说：“五月五日取雏，剪去舌端，则能效人语。”阴历五月初旬以后，天气暖和，适于剪裁它的口舌，但不一定要选择端午这一天。一般要经过两次的剪剔，就可以教以人语，并善仿其他鸟的鸣叫，甚至可以让它学简单的歌谣。但毕竟比不上鹦鹉和鹩哥，它最拿手的一技就是学猫叫。

《本草纲目》中说它的“耳睛，滴眼中，令人目明，能见霄外之物”。这是否灵验，要让实践来鉴定。

恋爱专家

姣　凤

海外来的姑娘
天生丽质的小姐

当代最时髦的服饰
长长舞裙如飞旋的彩旗

明快的旋律
紧缝着柔情蜜意

年轻小伙子见到你
如狂似痴

人说你是恋爱专家
其实你却冷热相宜

为了吓唬那些无聊者
你穿上了虎皮外衣

彩霞落在你的背上
更引来了小沙弥的凝睇

你是一首抒情诗
写在青春成熟期

衔得秋山红枫一叶

撰写你的微型恋爱史

姣凤，是鹦鹉中最小的一种，别名虎皮鹦鹉、长尾恋爱鸟，属鹦形目，鹦鹉科。原产澳大利亚南部。野生时喜群居活动，经常发出“嘎嘎嘎”响亮而不悦耳的声音，如果几十只姣凤在一起喧噪，简直使人听得厌烦。它营巢于树洞中，卵圆形白色。觅食植物种子、果实为生。

目前世界各国都有饲养姣凤，我国也养得较多，是很受人欢迎的笼鸟。“何翩翩之丽鸟，表众之殊色，被光耀之鲜明，流玄黄之华节……”古人称赞姣凤之词一点也不过分，它有一条美丽的尾巴。由于长期人工饲养驯化，羽色丰富多采，有黄、绿、天蓝、深蓝、白等色。每一羽毛的近基部有一个黑斑。整体地看，好像身上披着虎皮，虎皮鹦鹉的名字就是这样来的。

笼养的姣凤经常飞舞登枝，私语嬉戏，也大胆接近人。当你伸出手去逗它，它不时会跳到你的手上玩耍，非常有趣。

另一种从澳大利亚传来的玄凤，又名冠鹦鹉，有嫩黄色羽冠，羽冠顶端灰色，也是一种非常美丽的笼鸟。

姣凤很容易饲养，几乎常年能繁殖，每次产卵4—6枚，孵化十八天左右出雏，雏鸟经三十四天左右羽毛长齐离巢。雌鸟在坐窝期间不要惊扰它，否则容易中止坐窝飞出去。

第一流的歌唱家

画　眉

从烦躁引进幽深的峡谷
从凄冷招来热情的人语
紧绷的脸庞驱散了愁云
干渴的心田下透了喜雨

啊,第一流的歌唱家
你能否称得上灵魂工程师

仿效西施临水梳妆的艺术
特意画一双秀丽的长眉
喜爱水仙清高淡泊的性格
伴随你的是一杯清泉一盏砂石

啊,第一流的歌唱家
你从祖国传统技艺中找来了自然美

从大型交响乐团指挥那儿得到启示
百啭千声的行进,万马齐喑的休止
在芭蕾舞演员身上探索秘密
含情脉脉的点头,端庄大方的体姿

啊,第一流的歌唱家
你将西方艺术的精灵融化于一体

演唱比赛会揭幕

百鸟在掌声中汇集
忘我拼搏，搏得落花流水
声嘶力竭，歌声染着血迹

啊，如意鸟永不感到如意
在第一流中还想坐上第一把交椅

“鸟语之佳者，当以画眉为第一。”这是古人张潮在《跋画眉笔谈》一文中对画眉鸟的评价。美国音乐家拉维斯也说：“画眉有时像大演奏家在练习一样，先来个快板，唱到第二节应该有一段复杂的和音时，停止了，觉得不满意，从头再来一遍。有时，它又会完全变动乐谱，仿佛是即兴作出的一组变奏曲。”可见中外人士对画眉悦耳动听的歌唱看法是一致的。

画眉肩雀形目，鹟科。广泛分布于我国东南各省。山野的灌木丛它是栖居的地方。城郊、村落的竹林里或庭园里不时可以看到它的踪影。它的前头、冠和尾的上部是金褐色，颈侧毛色较淡，背上略有浅纹，眼的四周有一道白色的长眉，非常醒目。传说是它从西施梳妆绘眉时学来的，因此得了画眉这个美名。

雄画眉有好斗性格，两只画眉同居一室，经常斗得羽毛脱落，死不罢休。我国古代有斗画眉的习俗，香港、澳门和东南亚也有不少养鸟者，以斗画眉取乐。

画眉每天要给洗澡，饲养食器必须备足清水，并以另一器置砂砾。陈均著的《画眉笔谈》中谈到：“欲试画眉能否教以语音，可雏鸟未能鸣唱前置于山溪流水间，若能自鸣，该鸟可教，然后于夜间令其醒，教之以音，日久习惯即能仿效。最名贵画眉除能仿人教语言外，还能独仿飞禽鸣声。”

画眉不仅是珍贵观赏鸟，而且能捕食大量害虫，是农林业重要益鸟，应注意保护。

太平的象征

太平鸟

战乱的年代
多灾的月份
严重的时刻
人们渴望你的光临

你那十二支尾羽
代表十二次月明
十二位生肖
十二个时辰

谁用彩笔一涂
尾羽展开了美丽画屏
羽冠的折扇扫清了阴霾
人畜安宁,喜气盈门

十二黄,赭黄肤色的故土
种庄稼,长森林
还要种上立体的高建筑
长着电的神经

十二红,殷红旌帜的精髓
染红儿女心灵
还要随中华民族新秀的足迹
到南极,到宇宙的极顶

受人敬仰的太平鸟
不能死守住太平门
迎着春风，起飞吧
冲出传统观念的封锁线
高歌时代的最强音

太平鸟，属雀形目，太平鸟科。一名连雀，头部灰褐，生着独特的向后的羽冠，能自动收放，如折扇微启。背胸皆呈胡桃色带灰，翼之大覆翼尖端有赤色点，前方有白色长形斑，后方又有浅黄色长形斑。远远望去，翅膀上似乎有一条白色的横纹，非常醒目，这也是其他鸟类所没有的。

它有十二支尾羽，末端都为黄色，所以又叫”十二黄”。另一种体形较小的小珠太平鸟，也叫绯连雀，尾羽也为十二枚，但末端为红色，所以又叫“十二红”。“十二黄”冬季南迁时来我国，见于东北、内蒙、华北及长江流域，上海也有出现。“十二红”仅在冬季见于我国北方。

太平鸟喜欢结群生活，在森林或树丛里，经常在树枝上跳来跳去，忽上忽下，停息时大都迎风而立，十分潇洒英俊。它用细松树枝、苔藓掺杂枯草，营巢于树上，并用兽毛、鸟羽铺垫，巢成碗状。雏鸟经十四天的哺育，就离巢独立生活。

此鸟以食植物性食物为主，集群觅食时往往发生争斗现象。

自由幸福

极乐鸟

千百种鸟类的啼唱，
不及你们一鸣惊人，
参天古木围困重重，
关不住你们欢乐的歌声。

千百种鸟类的衣着，
不如你们独具匠心，
毛绒绸缎遍身披挂，
妒忌的百花留着泪痕。

显耀一生所有的特长，
振奋周围每一根神经，
为了自由幸福的未来，
你不惜代价追求爱情。

是来自西方"极乐世界"，
还是美丽凤凰的化身？
你有玉观音的仪态，
步着金嗓子的后尘！

有句古话叫"乐极生悲"，
在你的经历中得到明证。
展览馆里无足轻重的标本，
就是你僵化了的灵魂！

极乐鸟，又名风鸟、雾鸟、天堂神鸟，是极乐鸟科约五十多种的通称。体形大小因种类而异，体长 16—100 厘米。嘴稍弯曲且扁，嘴根之羽为绒状，无刚毛。雄的羽毛极其华丽，精妙无比，头及腹具长羽或总状羽，中央尾羽仅有两轴，延长若金属丝状。整个身上的羽毛外观像兽的绒毛，有闪闪的金属光彩。在峡谷的林中生活，筑巢于树顶，最嗜无花果和蝗虫。它极乐观，载歌载舞，其乐无穷。

极乐鸟，较常见的有蓝极乐鸟、长尾极乐鸟、镰喙极乐鸟等。

蓝极乐鸟追求异性时，先是在枝头低吟漫唱，逐渐把自己身子往后仰，抖开全身美丽的羽毛起舞，如万千条彩带迎风招展，极其美观。

长尾极乐鸟舞蹈时，双翅展开，背部显出两扇金光灿烂的“屏风”，艳丽无比。它又名无足鸟。据说有个欧洲人最早捉到这种鸟，爱它的羽毛美丽，连皮也保存起来，只是砍了足。把这无足的鸟制成标本，人们当它是无足的神鸟。这是几百年以后，英国海洋生物学家约翰·拉逊姆才揭开了这个谜。

镰喙极乐鸟，喜欢在海拔二千米以上的高山筑巢、翱翔，它张开镰刀嘴，引吭高歌，响彻森林。

极乐鸟，产于大洋洲的岛国——巴布亚新几内亚(简称巴新)，他们把它当作自由与幸福的象征，并于 1975 年定为国鸟。国徽、邮戳上都有极乐鸟的图案。

古人传说的凤凰，有人说形态跟极乐鸟相似。

夜行猎手

猫头鹰

浓墨泼深夜
阴森灌山野
猫头闪出绿电光
掰开黑世界

凄厉一声哭
令人心肺裂
多情落叶纷纷下
伴着泪与血

千山飘飞雪
百鸟窝中歇
唯你轻装夜行军
一路踪影灭

目耳藏信息
奇袭鼠兽穴
古树老人开怀笑
幼林尽欢悦

昔日无知辈
轻才重声色
“不祥之鸟”受人欺
落得入另册

如今遇龙图
错案重甄别
会当全力创大业
功绩添史页

猫头鹰，分布在世界各地，有两百多种，以东半球的热带地区的种类为最多。学名鸮，又称枭，是鸱鸮科各种类的通称。

它的喙和爪都弯曲成钩状，锐利，两眼不像其他鸟类生在头部两侧，而是长在正前方，眼的四周羽毛呈放射状，看去很像猫头。在我国常见的种类有红角鸮、[illegible]鸮、长耳鸮和短耳鸮。

由于它面目丑陋，鸣声凄厉，昼伏夜出，神出鬼没，给人以恐怖的感觉，因而招来一些迷信传说。《诗经》上有如此诗句："鸱鸮，鸱鸮，既取我子，无毁我室；思斯，勤斯，鬻子之肉斯。"陆玑《诗疏》云："鸮大如鸠，绿色，入人家凶。"有人咒之为"不祥之鸟""丧门神""报丧鸟"。这些都是一点科学根据也没有的。其实，它是夜行性鸟类，大多数种类几乎专以鼠类为食，是森林卫士，是重要益鸟，应加以保护。据鸟类学家考察，一只猫头鹰在一个夏季里，可捕杀老鼠一千多只。如果以每只老鼠一年糟蹋粮食两斤计算，那么一只猫头鹰一年就可以从鼠口夺回粮食二千多斤，可供五口之家吃一年。这是一个多么可观的数字！

猫头鹰双目就是两个夜视望远镜，在黑夜能看清鼠类的行踪，翅膀上的羽毛稠密而松软，飞行无声，加上两只"顺风耳"，特别灵敏，所以鼠类见到它，都逃脱不了。它的捕鼠本领还远超过家猫呢。

驰名中外的珍贵笼禽

百灵鸟

赶月的星星，
离开无垠的莽原，
碧澄的蓝天，
黛墨点点。
缕缕白云，
系着笑语串串，
歌声一片。
上天汇报的使者，
你们如此轻佻放荡，
根本不管天庭多威严！

蘑菇般的歌台，
灵芝般的画屏，
我们尽情歌唱，
舞态翩跹。
如蝴蝶两翼扑开，
剪断林间垂挂的金色彩线；
似凤凰展翅飞腾，
隐入无边绿色的深渊，
我们从内心里赞扬，
祖国边疆草原的巨变。

会歌舞，
我们反而遭到长期软禁，
有人竟强制我们

模仿猫叫狗吠。
啊，歌唱家，
无耻地出卖灵魂，
这哪里还有一丁点儿
鸟类种族的自尊心？

百灵，别名蒙古鹨、告天子，是驰名中外的名贵笼禽。属雀形目，百灵科。广义的为歌百灵属、凤头百灵属、沙百灵属、百灵属和角百灵属各种类的通称，有时也包括云雀属。狭义的专指百灵属各种，都为中小型鸣禽。

百灵鸟身穿深浅不同的栗红色外衣，眼圈、眉纹棕白色，颏与喉白色，胸前两侧都有一块黑斑，下腹部白色，尾羽除中央一对外，余者都是白斑，最外侧一对则为纯白色。它栖息于关外草原上，筑巢于地面凹处草丛间。一般在地面活动，不上树栖息，食野生植物种子，也捕食昆虫。它很机敏，归窝时不直接进入，而是绕道而行，防止其他鸟兽偷袭。

百灵鸟的鸣声嘹亮宽广，边飞边唱，直上云霄，似乎是上天汇报什么，告天子的别名由此而来。它能仿效黄莺、杜鹃、画眉、麻雀、燕子，山喜鹊等的鸣声，也能模仿鸡鸭猫狗的叫声。俄国作曲家格林卡创作的有名抒情歌曲《百灵鸟》就是在黄昏漫步时看到一群凌空飞翔的百灵，凭一时的灵感，一气写成的。

百灵善于舞蹈。两翅扑开，形若蝴蝶飞舞的叫“蝴蝶开”。还有“元宝开”“凤凰展翅”“飞鸣”等多种舞姿。

百灵的寿命一般可达二十至三十年。终年留居在内蒙古草原和黑龙江、辽宁、吉林等省，冬天在河北平原也可以看到它的踪影。

灭蝗专家

燕　鸻

不愿廉价出售自己的喉嗓
不会喃喃作长篇演讲
拒之于高楼大厦之外
长年在草莽间彷徨
似曾相识在崎岖的征途
命名“土燕子”百世留芳

千万张叶子是书卷
无垠的田野是课堂
昆虫学是门深奥的学科
你精辟地论述了除蝗文章
天空里涂写了半弧形的彩虹
填补了你昔日的悲叹与创伤

深知祖国心怀的博大、温暖
紧紧拥抱着，热血沸腾在胸膛
无私的太阳给了和煦的能源
安居了，你的家族从此繁衍兴盛
虽然一年一度你要跟母亲作暂时的离别
任凭冰刀雪剑，冷却不了赤子的心肠

燕鸻，体长约二十二厘米，头顶与上体褐灰色，尾上覆羽白色，嘴巴短阔，翅膀修长，尾部深叉，形状和飞行都像燕子，所以俗称“土燕子”，属燕鸻科。但它喜欢在地上活动，形态结构和生活方式却属于鸻类。在我国分布较广，东部尤多，北到东北，西至甘肃西北部、四川西部等都有它的足迹，秋季南迁。

繁殖季节，它蹲在草地或田野沙土地上，以腹部在地上碾压磨擦，搞成稍凹的浅窝，上面再铺垫一些草茎，就算是窝了，每窝产卵 2—5 个，通常为 3 个，似梨状。孵化时，亲鸟不像其他鸟整天呆在窝里，而是出外觅食，只是靠太阳的热量帮助孵化，亲鸟傍晚才归窝。鸻以昆虫为主要食物，如甲虫、蜻象、蜻蜓等，特别爱吃蝗虫。据考察，一只雏鸻每天平均约吃九十只蝗虫，一窝以三至四只雏鸟计算，再加上一对亲鸟的食量，产卵育雏四个月，大体算一下，每窝燕鸻能吃蝗虫六万五千多只。按每只蝗虫体长五厘米计算，一窝燕鸻在繁殖期中所吃的蝗虫，头尾衔接起来，可达三公里长。真是农家的好友，灭蝗的专家。

友谊的贵客

火烈鸟

是片片胭红色的瑞云
从东方飞来
从西方飞来
信息在接吻
文化在拥抱
友谊在握手
欢迎呀
远方来的朋友

凝望、沉思
远处似有火光
尸横遍地
瘟疫在流行
饥饿在奔走
苦难在呼号
中国有句老话
“不打不相识”
这友谊
多少带点硝烟味

鹤的家乡
白云里闪着红星
你们是鹤的兄弟
长腿搅碎荇藻的澄碧
细颈卷起红云的奇丽

红与白的和谐
热烈与文静的统一
远方来的贵客
端起一湖浓酒
干杯
为了永恒的友谊

火烈鸟，属珍贵涉禽，火烈鸟科，体长大，形似鹤，嘴弯曲，颈细长，羽毛粉红色或脂红色，两翼羽深红色，十分美丽。脚长，向前的三趾有蹼，后一趾小，不踏地，尾亦小。常在浅滩涉行。俯颈采食水中荇藻、昆虫、鱼蛤。它会用泥筑墩形的巢产卵，卵蓝绿，每窝一两枚。

火烈鸟原产于亚洲西部，非洲北部和东部、欧洲南部和美洲大西洋沿岸一带。非洲的坦桑尼亚北部有个叫纳特龙湖，是它的老家。这个湖，湖水只有三厘米深，是个底部平坦的湖，湖水咸度很高，称为天然的“苏打湖”。几乎整个东非的火烈鸟，都集中到这里孵化育雏。群集时，有几十万只粉红色的火烈鸟，如一片红色瑞云，实在美丽壮观。

它来到中国是 1979 年，是日本人民和美国人民先后送来的。它们养在广州动物园水禽湖东北角的一个人工建成的小湖浅滩里，青色颇别致。它象征着中日、中美人民之间的友谊。

火烈鸟原来吃苏打水的习性如今也不得不改变一下，为了保持它羽毛的鲜艳色泽，有时还在饲料中添加一些色素呢。

衔牌算命

白腰文鸟

未曾嚼过四书五经
咬过幼学琼林
从没进过文科学校
不懂汉语拼音
却得了个文鸟美名

知道五百年前缘由
三百年后情形
铁口预测生老病死
归结因果报应
流落江湖投靠算命先生

为了鼻子底下一横
只得衔牌违背良心
自吹自擂自称“灵雀”
似是而非似灵不灵
心胸峡谷里烟雾腾腾

饱食终日无所用心
自知诈骗罪名不轻
还望诸君刀下留情
让它在展览会上
现身说法破除迷信

白腰文鸟，是文鸟科中的一种。广泛分布于我国南方各省。小巧如雀，嘴圆锥形，厚实，善咬剥谷壳，在作物成熟期常结大群盗食谷粒，冬季虽也吃一些杂草种子，偶尔也吃昆虫，但毕竟利少害多。

它上体深栗色，下背转为灰白色，腹部白色，看去好像身上束着一条宽宽的自腰带，所以叫白腰文鸟。

它筑巢于松杉等常绿树上。巢呈曲颈瓶状，用千草、竹叶、棕丝等为材料。出入口在弯曲处，巢口处突出成檐状，可避风雨。冬季天冷，常常十来只栖息在一个巢里，形影不离，所以又有"十二姐妹"之称。

占卜术士、算命先生常手提鸟笼招摇过市，说笼里"灵雀"能衔取卦签，占卜吉凶，骗人钱财。所以它又有"算命鸟""算命灵雀"的称号。

其实，这种灵雀并不灵。曾有一个猎人举枪射击栖在同一树枝上的四只白腰文鸟，击落了三只，余下的一只仍不知道逃遁，钝笨地站在原枝上。

那为什么它会衔牌算命呢？说穿了，一点也不神秘。先让它学会放飞，再用甜醋浸泡的谷米饲喂它，一段时间后，小鸟便会自动寻觅粘有甜酸味的东西。这时算命先生将签牌的一面涂上甜醋，一律朝下，有人来算命时，算命先生问明来者的年龄、生日、然后假装签牌，偷偷地将与来者生肖、时辰相符的一张签牌翻过来，由于甜醋味朝上了，文鸟就把它衔出来了。于是算命先生就可以察颜观色，解释签牌上似是而非、模棱两可的诗句，从而骗取钱财营生了。

编织巧匠

织布鸟

扁长的禾叶
绿色的剑
任你挥舞

纤细的草丝
金色的线
由你缝补

丈夫在外
爱妻在内
黑色利喙互穿梭

智慧是经
毅力是纬
编织壮丽的宏图

编的是爱
织的是情
阴阳两极在接火

是儿女的摇篮
是奇妙的安乐窝
也是爱情的坟墓

织布鸟，一名缔鸟，是织布鸟属各种的通称，属文鸟科。产于非洲和亚洲南部热带森林。在我国仅见于云南省的西部及南部地区，西双版纳是它们的乐园。

产于我国的主要有黄胸织布鸟，形似雀，体长约十四厘米，雄鸟子繁殖期头顶和胸部羽毛黄色，布满黑褐色的宽纵纹，面颊和喉部暗棕色。雌鸟和非繁殖期的雄鸟，羽毛底色带奶油色，喙亦较大，成群栖息在山麓或低丘陵地带，食谷粒和昆虫。它们的鸣声无音韵，作吱吱声。

织布鸟营巢有高超的技巧。春季，织布鸟找到心爱的伴侣后便双双去寻找理想的营巢地点。在绿荫中选择一根小树枝，把硬草梗编在上面做骨架，或觅取禾木科植物的扁长叶，然后一鸟在内牵，一鸟在外引，夫妻用嘴作梭同心协力把革茎、草叶等一根根编上去，由上而下，真像织布样子。织成巢腹后，就在一侧留个门户出入，最后编织巢底，一个像大鸭梨样子的巢建成了。这轻巧的吊巢在微风中悠然摇荡，时隐时现，避开猛禽袭击，不怕风雨侵袭，又安全又别致。

另一种说法，是由雄鸟单独编织成巢的主体，找到伴侣后，由雌鸟继续编织巢的衬里。在巢内常发现有泥团，这或许是用来增大吊巢的重力，不至于被大风颠覆掉的缘故。人工养育的织布鸟，经过四代以后，虽然它的后代没有见过它们的父母是怎样编巢的，但全都能编织出大鸭梨形的吊巢。这证明营巢行为并不是学来的，而是鸟类的一种本能活动。

深居简出

柳　莺

柳荫灌木丛里
你建筑了别墅
不挂门牌
没见通路
怕秘密的悄悄话
从柴扉里飞出

欢乐的清风
推动着粼粼柳浪
你们，橄榄绿的浪花
也在悠闲地飘荡
你不愿显露轻盈美丽的身影
在柳浪里躲藏
以百倍的心力鸣啼
抒发此生热切的盼望

此刻
在西子湖畔漫步
只见柳浪
不闻莺啼
三十年前的情景
牵动几许惆怅与沉思
是失恋了远走他乡
还是避开世俗的妒忌
是看破红尘登仙去

还是不习惯嘈杂有色的空气

归来吧,当年的柳莺小姐
或许你已老态龙钟
或许你已愤然辞世
或许你有众多的子孙
跟你有同样的风姿
归来吧,亲爱的柳莺小姐
画家需要动态的美
诗人需要立体的意
多少情侣幽会要借用你的话题
“柳浪闻莺”碑石需要恢复真实的含义

柳莺,俗称树串儿、柳串儿、树丝、黄腰丝,是柳莺属各种的通称,麻雀形目,莺科。它的体型比麻雀还小巧轻盈,在柳间穿飞,远看就像有几片柳叶在飘舞。

柳莺在我国早就受人喜爱。《诗经·小鸦伐木》中说:“出自幽谷,迁于乔木”,意思就是潜伏在幽谷里的柳莺,已迁移到乔木上,严冬已经过去,春暖到来了。

常见的柳莺有三种,一是黄眉柳莺,身披橄榄绿色或褐色羽毛,头部中央贯穿一条不太明显的黄绿色的眉纹。二是黄腰柳莺,比黄眉柳莺更小,腰部有明显的黄色环带眉纹为黄绿色。三是极北柳莺,眉纹为淡黄色,双翅飞羽为黑褐色。此外,还有冕柳莺、短翅柳莺、纹背山鹪莺等。

柳莺性活泼,在树间跳跃、扇翅,觅食蝇类、蚜虫类,是重要的吃虫鸟。它在俄罗斯西伯利亚和我国内蒙古、东北繁殖,冬迁南方越冬。柳莺体小声高,时而昂扬,时而低转,有如银铃,可作为观赏鸟饲养。但它的性情急躁,新捕来的鸟要放在僻静处慢慢饲养,防止拒食而亡。

不信天命

信天翁

迎着风暴远飘万里云天
搏击恶浪追赶海上船舰
群栖孤岛宛如白云一片
一齐竞飞把红日遮了半边

我们信天翁并不信天命
而是施展才能驾驭自然
丰厚的羽毛是很美的装饰品
如山的鸟粪可以用来肥田

虽然阻挡着的是重洋高山
仍扯不断我们思乡的渴念
即使蒙着双眼被运往异国
我们也能返回旧居的庭院

照实说，我们两年只生一个蛋
人们赞誉我们是计划生育模范
麻雀吱吱喳喳说什么多子多福
我们誓以优生取胜将后代繁衍

两年只产一枚卵的信天翁，属信天翁科。是大型鸟类，体形大的种类身长可达一米以上，嘴比头部长，质坚硬，色苍黄，上嘴尖钩曲向下，颈短，鼻孔呈管状，左右分开。

在我国沿海有短尾信天翁，成鸟体呈白色，颈部略带浅黄色，翼狭长，两翼的初级飞羽和尾端黑褐色，脚短，色淡红。

它们群栖于海中孤岛，成千上万，食水生动物如鱼介、乌贼、虾等。性勇猛，敢于跟鹫鸥争食，营巢于岩窟内。

信天翁飞翔能力很强，远飘重洋，历久不倦，遇到暴风，仍飞行自若。它有特殊的归巢本领，有人把太平洋地区中途岛上十八只信天翁装进蒙上黑布的箱子里，用飞机运送到远距数千里的地方释放了，没有多久，发现有十四只重返故园。

信天翁分布于北太平洋，冬季见于我国东北及沿海各地。另有一种叫黑脚信天翁春冬两季遍布于我国沿海，也有少数终年留居在我国台湾海峡一带。

孝敬长辈

孝　鸟

蠕动的人参
人生的灵芝
一口一口
喂到母亲嘴里
你闯着母亲不敢走的路
飞越千山万水
母亲迟钝的喙
细嚼着无限的欣慰

母亲衰老了
瘦骨嶙峋
你们这群孝子贤孙
凌空表演杂技
连结了一颗颗孝心
铺垫了一层层贤慧
这肉体的席梦思
还铺上体温的褥毡
让母亲安稳地入睡
仿佛仍在祖国的怀抱里
欣赏儿时的情趣

可爱的孝鸟
你们中有的已鬓发银丝
呆呆地陷进沉思
自已怎么变成这样

多愁的皮裹着坎坷的骨
如几根枯死的树枝
多彩的衣裳已经退色
甜润的歌喉早已破碎
朝着苍天呼喊
快给我一口淡水
我已经病在垂危
猛醒来
旧居沐着春晖
你又去追求幸福
加倍向蓝天竞飞

我国古时认为幼鸟能哺养老鸟的，被称为孝鸟。乌鸦能反哺，所以孝鸟成为乌鸦的别称。其实，在鸟类王国中，孝鸟并不止乌鸦一种。

世界上还有种叫蓝翠鸟，不仅孝敬自己的母亲，而且还饲养同类的长辈。据说，是美国生物学家西格勒发现的。在鸟类中，也有“老吾老以及人之老”的德行。

还有一种鸟名叫米利，它是跟麻雀差不多大小的灰白小鸟，产于哥伦比亚的佛郎卡斯特森林里。

每逢夜晚到来，它们纷纷回家。米利鸟除了繁殖期间筑窝外，平时不做窝，只在森林里休息。它们把老鸟看作“鸟后”，特别尊敬。先找到相距约一两米宽的大树间搭床，按先后顺序，一只只把自已的环尾分别挂在两棵树桩上，第二批又把自己的环尾挂在它们的钩嘴上。不一会儿，两树间就相对挂好十几条甚至数十条长长的鸟辫子。于是，一条让母亲安眠的又松软又温暖的吊床造成了。如遇刮风下雨，鸟床的两边自动往上卷起，成为一个毛口袋，把“鸟后”包围在温暖里，不让母亲受惊着湿。

为什么米利会这样呢？因为它们的嘴喙如同挂钩儿，尾羽长出个套环儿，再加上结实的筋骨肌肉，所以能造那样巧妙的吊床。

它们堪称敬老孝亲的模范。有些人不仅不孝敬长辈，而且辱待长辈到了不可容忍的地步，对照一下，或许可以得到启示与借鉴。

裁缝绿色梦幻

缝叶莺

碧绿的芭蕉林
映着蔚蓝的天
捆住初夏的明丽
是一条乳白色的山岚
可爱的莺儿小姐
你如一张橄榄叶
在绿色的海洋里
飞舞翩跹

饱尝浓郁花香
觅得绿叶一片
灵巧的双手
漫卷，轻剪
利喙是针
情意绵绵纺成线
缝一针，打一结
针针线线寄信念
缝住雨雪
缝住风尘
缝住火热的艳阳天

缝叶莺
你在绿色的宾馆里
梦幻多香甜
愿天下都用绿色来缝补

永远留住春天

缝叶莺，是缝叶莺属各种的通称，属莺科。产于印度、斯里兰卡、马来西亚和我国广西、广东、云南、福建南部的山林中，是终年留鸟。

长尾缝叶莺是我国常见的一种，小巧玲珑，体长十至十二厘米，长长的尾巴就占去一半以上。上体羽毛橄榄绿色，头顶橙红色，眼周和眉纹淡黄色，喉部白色。嘴尖利，跗蹠细长强健，善于跳跃，是除虫能手。

缝叶莺是会缝纫的鸟类。每年四至八月繁殖季节，在两个互生的芭蕉叶或芒果、葡萄藤、番石榴、鹅掌类等树上，选择几片下垂的叶子，用细茎、野蚕丝、马尾、鬃草、蜘蛛丝、植物纤维纺成线，以长喙为针，一针针地缝合，一孔孔地打结，缝成一个绿色的口袋，再垫上棉花、兽毛等，就成为理想的窝了。每年产卵两次，每次三至四枚，卵色白或淡红淡青，上面还有色斑。为了防止营巢的绿叶脱落，它们还用坚韧的植物纤维把叶子柄紧紧地结攀在树枝上，同时还让巢保持一定的倾斜度，以免漏水。缝叶莺是巧裁缝，也是技术高超的建筑师。

爱情至上

相思鸟

橄榄绿头顶掩盖愁思
苍黄灰腹围裹着悲戚
赤橙色胸口留有泪痕
乳白色眼皮饱含倦意

北京香山红叶飘落时
正是我们日夜长相思
是在相思杳无音讯的伴侣
还是在怀念远离故土的游子

一线海峡万顷云涛隔断乡音
倒有人了解母子苦思的衷情
邀请我们这群满怀深情的鸟儿
去修补那颗颗已经破碎的心

清脆悠扬的歌声能启迪心灵
民族责任感驱使我们毅然起程
有关人士应该理解人心鸟性
不能让美妙的歌喉感叹呻吟

相思鸟，体态玲珑活泼，逗人喜爱，常在茂密的阔叶林、竹林或灌木丛中活动，夏天喜欢栖在凉爽的高山，天冷了迁移到低山或山麓一带。雌雄都能鸣叫，鸣声“微归——微归——”，非常婉转动听。

它的嘴喙如涂着浓艳的胭脂，很美，所以又名红嘴相思鸟、红嘴玉。它是长江流域以南广大地区的留鸟，分布在湖北、四川、湖南、贵州、云南、安徽、浙江、江西、福建等省，春秋季在北京附近也常见到。

相思鸟是非常美丽的小鸟。它是以爱情至上驰名中外的观赏鸟。它们雌雄相亲相爱，交颈双宿，形影不离。据传，成双的相思鸟。假如其中一只不幸死亡，另外一只因失偶会感到无比孤寂，甚至忧郁而死。外国人饲养一般都成双成对，作为结婚喜庆的装饰品，以示夫妻恩爱，百年好合。

还有一种银耳相思鸟，耳羽像耀眼的银灰色，形态与习性跟红嘴相思鸟基本相同，也是著名的观赏鸟。

名贵的相思鸟，加以利用，组织出口，是无可非议的。但近年来因捕捉数量过大，资源受到严重破坏，应该加以限制。

蚊子的劲敌

夜 鹰

三九寒冬
蚊子灭踪
你高卧森林深处
做着离奇的梦
任凭它
涂什么颜色的雪
唱啥个调门的风
沉睡初醒
春正浓

白昼
未曾喝醉酒
你却假装朦胧
长在树干上
结个疤
还有点发肿
飘落到地面
是张枯叶
风吹不动
警惕的胸口
挂着生物钟

夜晚
你以无声的命令
发起总攻

"啾、啾、啾……"
高射机枪
满怀激愤
对准隆隆机声
杀尽人间害人虫
宛如山口的阔嘴
为惨死的敌兵
做了坟冢

夜鹰，亦称蚊母鸟。《本草纲目》里说，它大如鸡，黑色，生南方池沼中，夫蚊乃恶水中虫，羽化而生。"而江东有蚊母鸟，塞北有蚊母草，岭南有虻母木，此三物异类而同功也。"

夜鹰属夜鹰科，有一百多种，产于温热带。在我国，产于南北各地森林地带，几乎不建巢，一般只在林间的枯枝落叶上产两枚白色中杂以灰褐的卵。自昼静伏山林问，因为它全身都是黑褐色与白色交会着，背部有纵纹，伏在地上时外形与枯枝落叶很难区分。停歇在枝头上，远看如树结，乡间称它为贴树皮。头部扁平，嘴也扁平，呈角形，口裂很大，边缘有众多的刚毛，翼长达尾端，羽毛松软，飞行时无声响。

它的视觉和听觉都极灵敏。适于夜问活动，飞翔时捕食蚊、虻、自蚁等，特别喜欢食蚊。有人曾剖开一只夜鹰的胃，发现里面有五百多只蚊子，它是蚊子的克星。蚊母鸟之名由此而来。

在缺乏食物的冬季，夜鹰往往处于休眠状态，体温显著降低，呼吸几乎停止。它虽属不休眠的温血动物，但却休眠了，为的是逐渐形成用降低新陈代谢的方式来度过不良条件的环境。待到春暖花开，条件好转，它就苏醒过来了。

鸬鹚的挚友

鹈　鹕

你在碧空滑翔
银灰色的布匹在飘荡

蹲在湖畔鹅蛋石上
良久良久
如正在孵化的鹅的塑像

击扑芭蕉般的双翅
满湖掀起了风浪

张开嘴的闸门
一口气淘干湖水
企求活鳞的矿藏

你是粗莽的大汉
又是坚贞的情郎

新婚伴侣舞步双双
老夫老妻引颈交喙
古老的情歌赋予新腔

鹈鹕，又名伽蓝鸟、淘河鸟、塘鹅，属鹈鹕科。体型粗大，体长可达二米，体重五公斤以上，翼大而阔，在水禽中算得上是老大哥，是我国三类保护鸟。

鹈鹕每天大部分时间伫立岸边，晒晒太阳，观察鱼群动向。睡时头向后，把嘴藏在背羽内。嘴很长，有蓝黑色斑点，嘴下有一个跟嘴一样长的大皮囊，这就是暗紫色的喉囊。正如古人所说:“鹈鹕,大如苍鹅,颐下有皮袋,容二升物,展缩由之。”

它善于游泳,遇到鱼群,就张开大口淘水,鱼随水淘进皮囊后,皮囊又收缩起来,把水挤出,鱼就成为佳肴了。据统计,每只鹈鹕每年约需吃三百公斤鱼,对鱼类资源有危害,但作为观赏鸟类,也值得保护。

有趣的是,鹈鹕可以跟鸬鹚协作捕鱼,鹈鹕在水面拍翅驱鱼,让鸬鹚在水底捕捉。这是生物界共生互助的现象。

鹈鹕忠于爱情,一旦相爱,终生不变,即使有了儿女,雄鸟觅食回来,雌鸟仍然表示欢迎,引颈交喙,表达了老夫老妻的甜情蜜意。

分布于我国的如斑嘴鹈鹕,大多在冬季见于长江流域及以南地区。另一亚种卷羽鹈鹕,在河北一带为夏候鸟,在江苏、浙江、福建及更南地区为冬候鸟。性喜群居。有时和鹳在一起,在高树上营巢。

鹈鹕雌雄共同喂雏,喂雏时亲鸟把嘴张开,雏鸟把嘴伸到亲鸟嗉囊中啄食,这在鸟类中也是不多见的。

《本草纲目》中说它的脂油可治耳聋、肿毒诸症。

流离颠沛

苇　莺

芦苇塘滨整日淫雨霏霏
包裹着一层层愁苦重围
杜鹃却无理霸占你的住房
幼儿只得在门外痛哭流泪

金莺、柳莺是你的姐妹
深受骚人墨客们的赞美
你刻苦钻研尚有一技之长
为什么落得如此流离颠沛

是朴素衣冠未曾引人注目
还是耿直言语不会娓娓献媚
是命运早已如此这般安排
还是对某些神明得了大罪

是非曲直任凭人们评说论定
你仍锲而不舍坚定平凡岗位
看，这密密麻麻芦苇就是大森林
你们是扎营在密林深处的勘察队

白天，不远千里辗转跋涉穿飞
无私的阳光给你的行动贴上金辉
高歌一曲如阵阵蛙鼓催促耕耘
宛如老人在背诵外语的字母词汇

风清月白，江渚湖沼充满诗味
面对一湖浓酒，你独自陶醉
披着无尘的银辉蔑视庸俗
含着竹斑的清影表明无愧

微小身躯与贡献成了极大反比例
你在人们心中竖立了不朽的丰碑

苇莺，又名剖苇、苇滨雀、大苇扎、苇串儿等，是苇莺属各种的通称，属莺科。

我国最常见的有大苇莺，体长约十八厘米，背羽主要是浅棕色，腹面带黄白色，胸部有不明显的灰褐色纵纹。筑巢在苇茎之间，用长的草叶编织巢穴，成高杯状，结构颇为细致。因为杜鹃常将卵产在它的巢里，往往由大苇莺代为孵卵和喂养雏鸟。杜鹃的雏鸟也蛮不讲理，往往将大苇莺巢中的卵或雏鸟抛出巢外，独享义父的抚育。有时还有蛇吃了苇莺的卵。苇莺的处境是值得同情的。

苇莺主食蜘蛛、蚊类、甲虫、水生昆虫以及蜗牛等。曾发现大苇莺胃内全部是夜蛾类的害虫，它是消灭苇塘和稻田害虫的能手，应大力加以保护。

苇莺常在苇茎间跳跃穿飞，“嘎嘎吉……嘎嘎吉”——鸣声如青蛙叫，也好像在讲外语。

医治伤痕

山 裂

山裂,可爱的赤子
你们寓居秀丽的台湾岛
都是炎黄子孙
同宗同族同胞

走遍天下
就凭一把手术刀
刨开龟裂的沙漠
涌起绿色的风暴
不再让明净、纯洁
在苦涩、混浊里漂

完完整整的海棠叶
等待着母爱来普照
心灵上的海峡
可否架桥
会传染的相思病
该如何治疗

山裂,你是绝世名医
请啄通心中的灵犀
让归根的海棠
秆壮叶茂
让残梦团圆
游魂不再在海外缥缈

山鸹，是啄木鸟科的一种，产在我国台湾省。

它的形状酷似啄木鸟，体长约 50 厘米，翼长约 17 厘米，上体背、臂和上尾筒都是黄绿色，好像长着青苔的树皮。雄鸟的前头部赤色，体的下部灰白。雌鸟的前头部及冠毛灰桑，有黑色条纹，有红斑，体的下部淡绿。

山鸹的习性跟啄木鸟一样，营巢于树洞中，内铺苔藓及枯草，在夏季产卵孵化。嘴坚硬，善于穿破树皮，以舌钩食树中的木蠹虫等，是森林名医，重要益鸟。

传说与现实巧合

飞龙鸟

不见云丝，不闻雨声
多彩的鳞花掠过山林

神话与现实巧合
龙，悄悄飞过境

探索美好的奥秘
追千里，找踪影

在大自然的餐馆里
它在品尝野果与山珍

两老伴频频举杯祝寿
如交颈的鸳鸯，细语低吟

是酩酊大醉，还是对抗寒冷
它俩在雪的软绒被下安眠

待到它长梦初醒
已成为“天上龙肉”的幽灵

飞龙鸟，实际上就是鸟纲松鸡科的榛鸡。体长约四十厘米，体重足有三四百克。羽毛烟灰色，尾端有黑色条纹，眼栗红色。

雄鸟的双翼和颈部的鳞形斑纹，有红、绿、蓝、黑等金属色彩，头上有短辫儿似的羽冠，下颌有一大块黑羽。短腿上有灰褐色绒毛。雌鸟稍带褐色，喉部棕色。它们疾飞于丛林上空，全身鳞花闪耀，好像龙在飞翔，非常华丽壮观。飞龙鸟的美名由此而来。

它们雌雄鸟相敬如宾，假如丧偶，另一只很快也会恹恹辞世，所以人们誉之为“林中鸳鸯”。

飞龙鸟分布在我国东北、新疆北部和俄罗斯西部，大兴安岭是盛产地区。夏秋两季采食山丁子、榛仁、松子、五味子、葡萄等野果，也吃昆虫。冬春落雪季节吃杨柳树上的花蕾嫩芽。喜结成小群活动，钻进雪下过夜。

飞龙鸟的肉鲜嫩异常，味美，素有“天上龙肉”之称。用蒸、烧、烤、炸、爆等烹调方法，可制出数十种形、色、香、味具备的珍贵野味。黑龙江北部产量较多，每年可猎获三万只以上。由于捕猎无度，已日渐减少，国家已明令不许捕猎。待到它繁殖增多以后，再按国家要求有计划地捕猎，到时候大家还可以尝到“龙肉”的滋味。

会植树木

卡西亚

春风轻拂的原野
你找到甜柳这位舞伴
出于对她的
嫩肥臂膀的迷恋
弯眉秀眼的钟情
婀娜细腰的贪婪
疯狂舞蹈
随意攀折
积了多少怨

二度春风
又绿江堤畔
小甜柳已经成行
遇到卡西亚
又是握手
又是拥抱
尊敬的先生
非常感谢你
适时的栽培
精心的抚养
我们这群小甜柳
终于在
沙地里扎根
风雨中成长

你——卡西亚
啼笑皆非
无限惆怅
却又叼着嫩柳枝
叼着神秘的希望
飞向远方

秘鲁的首都利马城北部附近，有一种鸟体型跟喜鹊差不了多少，穿着黑衣服，遮着白头巾，朴素大方，仿佛是名流隐士的打扮。它善于唱歌跳舞，秘鲁语叫它的名字是“卡西亚”。

卡西亚是会植树木的鸟类。说起来倒挺有意思，它吃的东西主要是当地甜柳的叶子，吃法十分奇特。先折下甜柳的嫩枝，叼着飞到野地，插在松软的沙土里。然后吞食柳叶，不等到吃完这柳枝，又去叼第二枝。这样，不停地往返、叼食、插柳，沙地里就插上一大片了。由于这里土地肥沃，水分充足，气温合适，吃剩的柳枝就很快成活了，长大了，往往成为一片柳林，供当地人采用。

卡西亚虽然会种树，但它自已却不知道是怎么回事，但它毕竟为人类做了好事，得到人们的赞扬。

团结友爱的榜样

雁

攀上巍峨的雁荡山顶
伫立明丽的雁湖旁边
雁阵归来兮，归来兮
我向着云天呼唤

船头犁开夜墨黑的土地
清泉如练横天悬
双桨击退严寒的残冬
抖落梨花一片片
雁儿，你是小船
浮出了地平线
载来了春的祝福
拉紧了企望的弦

攀上巍峨的雁荡山顶
伫立明丽的雁湖旁边
雁阵归来兮，归来兮
我向着云天呼唤

圆圆的苍穹
是一块水晶，碧蓝蓝
你们刻上一个“人”字
端端正正
庄庄严严
万钧雷霆摧不垮
十二级台风刮不散

遥望你们整齐的雁行
心田镌着一首壮烈的诗篇
猛火烧胸膛
热泪飞满天

攀上巍峨的雁荡山顶
伫立明丽的雁湖旁边
雁阵归来兮,归来兮
我向着云天呼唤

露如轻雨的秋晨
月色如霜的夜晚
孤雁的哀鸣
勾起愁绪万千

现代化的电话网络
为什么声声断
雁儿,可敬的邮递员
请带去昔日的记忆
捎来故人共同的心愿

攀上巍峨的雁荡山顶
伫立明丽的雁湖旁边
雁阵归来兮,归来兮
我向着云天呼唤

风和,日丽
“一”字横卧长天
潇洒挺拔
金光闪闪
这是集古今书法之大成
智慧与科学相结合的必然
这是一部中华字典

一张中国全图
一部历史年鉴
它比长城重
比黄河长
雁儿们
你们是团结友爱的模范
愿你们把“一”字
一头写在游子的手心
一头拴在母亲的心坎

雁阵归来兮，归来兮
中华民族共同的呼唤

雁，是雁亚科各种类的泛称，属鸟纲，鸭科。常见的有长雁、白额雁、灰雁、斑头雁等。亚洲、欧洲和美洲大部分地区都有分布。

长雁，俗称大雁，在东北部分地区、内蒙古和西伯利亚繁殖，秋分后飞向南方，春分后飞往北方。灰雁在新疆、内蒙古和东北北部繁殖。鸿雁在长江下游过冬，是候鸟。

据科学家研究发现，雁南飞的途径有二：一是从我国东北，沿海岸线，到达南洋群岛等地；另一条是从内蒙古经青海、四川、云南诸省到达缅甸、泰国、印度和马来西亚一带。王勃在《藤王阁序》中说：“雁阵惊寒，声断衡阳之浦”，意思是雁飞万里，至衡阳回雁峰即北归，其实这个论断是不正确的。

雁是大型游禽，嘴阔而厚，身体构造很像小船。植物的嫩叶、种子是它的主食，有时也吃农田中的谷粒。《证类本草》载：“雁食，粪于田野中，经年尚生。”这是近于事实的。

《诗经》上有“雝雒鸣雁，旭日始旦，士如归妻，迨冰未泮”的诗行，足见雁早就受人喜爱。

群雁飞行时，常排列成“一”字或“人”字形。称雁字。何以如此？因雁飞行的路程很长，往往要一二个月时间。为了保持体力，飞行时常利用上升的气流在空中滑翔，为首的雁鼓动翅膀，依次排列，可以减少大气阻力，所以一只跟着一只，便排成整齐的队伍。

苏武被匈奴流放到北海牧羊时，有个“鸿雁传书”的故事。“鸿雁传书”成为互通信息的同义词。这里所指的“鸿雁”是雁的泛称，与今天生物学上的鸿雁不是同一回事。

捕蛇能手

笑　鸮

愤怒被浓缩
欢乐正涨潮
呵呵，哈哈
你一阵美妙的狂笑
林间落叶萧萧下
平静的湖沼掀波涛

如老鼠见到猫
毒蛇震惊，小兽逃跑
似公鸡啄蜈蚣
你给毒蛇拦腰一刀
病痛快快吃一顿
吐还它骨头几条
奖状嵌在人们心间
荣获捕蛇能手称号
笑，是门科学
生活佐料
笑，能加速新陈代谢
战胜无聊
妲己一笑，皇室倾倒
秋香三笑，恋爱成交
笑里藏刀，落地人头知多少
笑喷着火，南极探险冰雪消
老人笑出泪
儿童哭中笑

笑用于国事、生活每个角落
也用于堂堂的外交
一生运用它
才深知这门学问奥妙
笑鸠
最知晓

笑鸠，是鱼狗也是翡翠鸟的一种，学名叫棕色大翠鸟。《尔雅·释鸟》里说："鴗，天狗。"郭璞注："小鸟也，青似翠，食鱼，江东呼为水狗。"即鱼狗。

它产于南澳洲。澳大利亚西南部和塔斯马尼亚岛等地能听到它的笑声。体型像翡翠鸟，长约30厘米，羽色以褐为主，略带白色，嘴长而强直，有角棱，末端尖锐，眼下有条色纹，眼后的羽毛有较强的光泽，尾和足都很短，三趾向前。栖于池沼河湖近旁的树林，营巢在枯树穴中或在树上的白蚁窝巢中，每窝产二至三枚卵，卵略近圆形，色纯白，有光彩。

笑鸠的鸣声"呵呵，哈哈"，如人狂笑，又像引颈报晓的公鸡。它捕食蜥蜴、青蛙、老鼠及毒蛇，号称捕蛇能手。澳大利亚人形象地称之为"笑鸟库克巴拉"、"居民的时钟"。笑鸠彼此间和睦相处，对人也非常友善。有时飞到人居住的地方，人们常给它一点肉类食物。

它是人类的益友。

老寿星

鹫

不希罕窗棂叠着窗棂的鸽子楼
不羡慕动物园里物质生活的优厚
我们希奇古怪的脾性实在难以更改
却酷爱绝壁的奇险，峡谷的深幽

变幻莫测的云雾是亲密无间的朋友
骑在它们的脖子上漫山遍野飘游
随意抓一两只羚羊野兔烹调佳肴
干杯，那朦胧月色浸泡清泉的美酒

咱鸟类，没啥计划生育条例供遵守
也不受任何宗教清规戒律所左右
未曾失恋，却习惯过独居生活
人生七十古来稀，我们竟可达百年寿
《长寿》杂志的编者，你们能否组织
有关学者名流对我们的长寿作一番研究

鹫，又名狗鹫，是鹰科部分种类的通称，如秃鹫、兀鹫、羌鹫、白尾鹫等，都是大型猛禽。韩愈《南山》诗：“或宛若藏龙，或翼若抟鹫”，把海雕称为海鹫。李时珍说：“皂雕即鹫也，出北地，色皂。羌鹫出西南夷，黄头赤目，五色皆备。”旧时常把雕、鹫混为一谈，其实严格说是两回事。

鹫宏貌壮伟，嘴强大，灰色，嘴根有黄色蜡膜，上嘴钩曲，眉突出，眼大而深，眼帘赤褐，闪耀着金光。体长 1 米多，两翅展开 2 米多，飞行能力很强。毛色大都深褐，背上有暗色的阴纹。栖息时，翼尖达到尾端，翼羽黄褐，有白色纹路。尾基部有不规则的灰色条斑。脚短，有强锐的钩爪，具鳞纹。

它活动在深山幽谷中，营巢于绝壁，巢以树枝构成，内铺树叶枯草，很牢固，大的直径达120厘米以上。常产二卵，最多不超过三枚。除雌雄交配外，都喜独栖。捕食野兔、小羊、羚羊等走兽。据说，寿命很长，可达一百年左右。

水上游客

䴙　䴘

草茎挺拔
芦苇耿直
编一个勇敢的竹筏

横七竖八
背着小屋
走遍海角天涯

爱沿岸图画
爱江上清风
掠水横飞出山峡

潜水员的风姿
绰号就叫王八鸭

身在奥秘的龙宫
听视神经河面撒
梦，就藏在碧绿荇藻下

驾着骏马般的彩云
捞水底月牙
追求鱼虾的爱恋
长期在湖里滚爬
水乡的资源由你来开发

水居的生活
四海为家
五湖飘泊
一生尝尽苦中乐趣
是一部神奇的童话

䴙䴘，俗称水葫芦、王八鸭子等，是䴙䴘科各种类的泛称。有黑颈䴙䴘、赤襟䴙䴘、角䴙䴘等二十多种。

体形略似鸭子而大多远比鸭子小，背面苍黑有斑纹，胸黄有紫斑，腹灰白。嘴短而黑，如尖尖的凿子，善于捕食水生生物。翼短而小，不能久飞，仅在水面飞行。头顶与颈有长毛，全身羽毛细密柔软如丝，它的皮毛可制作优质的皮领或皮帽。

我国主要有小䴙䴘和风头䴙䴘等，产于东南沿海一带。

䴙䴘是游泳和潜水的行家，能长时间潜伏水中，露出嘴尖、眼睛和鼻孔，观察敌情，有点像龟鳖。“王八鸭子”绰号由此而来。危急时，能背负幼鸟在水底潜泳逃避。

它在苇塘及蒲草丛中营巢，采集水藻、枝叶、羽毛等编织为巢，巢是浮动的，可随水波荡漾和上下浮沉。

繁殖期，雌雄双方面面相觑，然后一齐潜入水中，片刻以后，各衔一根小草出水面，摇头晃脑，表示相爱。它和鸭雁类离巢时一般都用什么东西把卵掩盖起来，主要是为了保温和防御天敌掠食。

爱情的悲剧

鸿

陆游有句诗
“曾是惊鸿照影来”
作为愁绪的象征
比拟女子翩翩体态
由你们
映着桥下一潭
绿汪汪的春水
倾注了对前妻
难忘的恩爱

你们原住东北河川
不识沈园旧时楼台
唐氏因忧愤交集
过早地离开世界
这倒引起人们无限感慨
生命比你们的羽毛还轻
根本不足萦怀
还是像你们
远走高飞
飞向冥冥高空
避开那人为的灾害

往事似流水
距今数百载
当人们走进沈园边门

仿佛仍见你们的风采
足印重叠叠
印在雪坭遮青苔
那半泓池水
是多年积蓄的泪
一条断桥斜倚
高筑起历史镜台
年轻情侣，请观看
“惊鸿”悲剧的结局
照一照，各自的内心世界

鸿、雁属少数大型鸟类旧时的泛称，或专指鸿雁，属鸟纲，鸭科。

它是家鹅的原祖——原鹅。形态和色彩都像原鹅。雄鸟体长达 82 厘米，雌鸟稍小，嘴尖而黑，比头部还长。雄鸟嘴基有一膨大的瘤，雌雄体羽都是棕灰色，由头顶往颈后挂下一条红棕色的长纹，腹部有黑色条状横纹，栖息在河川沼泽地带，偶然也在树林中发现。行迹不定，所以苏东坡在《和子由渑池怀旧》诗中云：“人生到处知何似，应似飞鸿踏雪坭，坭上偶然留指爪，鸿飞那复计东西。”

鸿主食植物、谷类，分布于俄罗斯西伯利亚到堪察加。在我国境内的东北北部和内蒙古东部一带繁殖，在长江下游及稍南地区越冬，迁徙时经华北和东北中部大平原。鸿肉味鲜美，可供食用，也可驯养在动物园里。它的羽毛也可利用，正如《易・渐》中云：“鸿渐于陆，其羽可用为仪。”

自造花园舞厅

园丁鸟

风鸟把自身打扮成一朵瑰丽彩霞
你们却把住处点缀为美观图画

踏勘万里山川，找一个理想处安家
翠绿中有山花一片，幽静里听溪流哗哗

高楼背苍山，设门窗，挂月牙
支柱撑蓝天，铺苔藓，当青瓦

楼前广场建一个小花园
舞厅装置更显得别致与高雅

彩色羽毛增添富贵荣华
鲜艳花朵是你们瓣瓣心花

悠扬激越的歌声，煮沸了漫长的悄悄话
急速飞旋的舞步，打开高情感的陡闸

唯恐已公开的秘密泄漏，插上篱笆
盼望早枯萎的旧情复活，抽出新芽

花园就在家里，家就在花园里
可爱的园丁鸟，辛苦了，愿你们飞遍天下

园丁鸟，形态近似风鸟（极乐鸟），体羽红褐色，雄鸟有橙黄冠毛。共有十六种，其中八种在澳大利亚繁殖，八种分布于新几内亚。属园丁鸟科。

紫光园丁鸟是世界上奇特的求偶炫耀鸟类的典型代表。生殖间，雄鸟先到处寻找，选择一个风景秀丽、食物与水源较丰富的处所，清去杂物，修建庭院房屋。房屋约1米深，0.7米高，中有支柱，外被苔藓。巢有边门，周围插着树枝做的篱笆。屋前建有跳舞厅，装饰着彩色的羽毛和鲜花。鸟类学家曾观察到，雄鸟发现鲜花或浆果枯萎，会把它叼走并堆积在屋后，另外换上新鲜的。更奇怪的是雄鸟还喜欢去搜寻那些人们扔掉的彩色玻璃球、玻璃碎片、有色绒线以及金属制品等。

地处澳洲热带雨林中，它们所建的花园、舞厅常被暴风刮掉，但它们还是把花园、舞厅重新建好，一点也不灰心丧气。

雌雄鸟成亲交配以后，雌鸟即单独另选地点去筑巢、孵卵、育雏；雄鸟仍守卫旧居，招引新的配偶。

以上所述，过去传说过，而且见之于书籍，但不少人持怀疑态度。直到近来一些鸟类学家详细观察并拍摄了照片以后，才确认有这么回事。因此，对动物的各种复杂行为，都是在长期自然选择中发展起来的本能活动，但不能认为都是绝对的非此即彼的结论。过去曾被认为是绝对不可能的事，却存在着。因此，真正认识鸟类世界还是长期的研究课题呢！

走向死亡边缘

鹳

似鹤非鹤似鹭非鹭名字叫鹳
黑鹳白鹳黑白曲直自有公断
嘴长而直双翅长大尾羽圆短
繁殖北国越冬江南遵循自然

落泊生涯，寻找山崖湖滨栖息
飘逸风姿，绕着高树轻快飞旋
不学鹤鸣九皋那虚张的声势
勿做鹭序井然般的婢膝奴颜

温柔的性格被驯养在动物园
是鹤是鹭是鹳人们难以分辨
来自实践的捕蛇专业无法施展
用非所学学非所长的现象何时改变

假如鸟类王国也有科技机构
我们将自信地持论文前往答辩
让我们到最需要的地方去
救救我们吧，前面就是亡族灭种的边缘

鹳是大型涉禽，鹤科各种类的通称。形态似鹤又似鹭。弘景说：“鹳有两种，似鹄丽巢树者为白鹳，黑色曲颈者为乌鹳。”李时珍说：“鹳似鹤，而顶不丹，长颈赤喙，色灰白，翅尾俱黑。多巢于高木。其飞也，奋于层霄，旋绕如阵，仰天号鸣，必主有雨。”

鹳嘴全部为角质，眼眶裸出，色赤，颊长，肩及翼白色略带黑，脚长而赤，胫部以下无羽毛，被多角形鳞纹，翼长约85厘米，栖于江湖池沼近旁，营巢于高树或殴堂之屋角，不善唳，只能鸣。

白鹳广布于欧亚大陆北部，见于我国新疆西部和东北，迁徙时南方各省可以见到，在长江下游、福建、广东沿海岛屿以及台湾省越冬。

黑鹳比白鹳略小，上体羽毛黑褐色，带有紫绿色的光辉，分布比白鹳更广泛，在我国北方各省，都有繁殖纪录。

鹳约有二十多种，主食蛇、蛙等，并长于捕蛇。鉴于栖息生存条件变化以及环境污染等因素，致使自然种群数量已很稀少，在欧洲许多国家内已经绝迹，《世界濒危物种公约》已把白鹳黑鹳列为一类保护动物。

哀怨与冀望

杜 鹃

咕咕，咕咕，随着春的脚步
我们召唤农民：布谷，布谷
布下五谷丰登繁荣昌盛的冀望
那孕育冀望的稻禾由我们保护

咕咕，咕咕，伴着秋的音符
我们告别田野；收获，收获
把欢乐与富裕送进千家万户
赞颂党的心声由我们谱歌

咕咕，咕咕，亿万脸孔愁云密布
我们啼血成河：痛哭，痛哭
神州折断了三根擎天大柱
天崩地裂该由谁来主宰沉浮

咕咕，咕咕，雪后天晴，大地复苏
电台用鸟语广播：致富，致富
我们协助电脑传递最新信息
别忘了请机器人为我们造屋

杜鹃，名称很多，《禽经》说："江左曰子规，蜀右曰杜宇。"此外还有布谷、鹎鹍，催归、冤禽、蜀魄、春魂、思归乐等名称。属鹃形目，是杜鹃科各种类的通称，有时专指杜鹃属各种。民间传说，周代末年蜀国有个名叫杜宇的人，当了皇帝后叫望帝，后来死去，其魂化为杜鹃。"望帝春心托杜鹃"的典故就出于此。

杜鹃是树栖攀禽，著名的食虫鸟类。体形跟鸽子差不了多少，羽毛多样，二趾向前，二趾向后，飞行急速而无声。在我国分布很广，大多为夏候鸟或旅鸟，有鹰头杜鹃、四声杜鹃、小杜鹃、大杜鹃等多种。大杜鹃就是布谷鸟，是我国最常见的一种，它喜欢在林间不断鸣叫，因性隐怯，常躲藏在多叶的树枝上，所以只闻其声，不见其面。它"赤口"，口腔和舌都是红色，所以有"杜鹃啼血"、"啼血深怨"之说。

杜鹃自己"不能为巢，居他巢生子"，甚至先产卵于地面上，然后以嘴衔入其他鸟巢，由他鸟孵育雏鸟。小杜鹃一出世竟把原巢主的幼鸟推出巢外。这在鸟类中也算是不道德的恶劣行为。

不入空门

三宝鸟

吉林三宝
人参、貂皮、乌拉草
佛、法、僧
这三宝属于佛教
过去称我们佛法僧
不知是谁给的尊号

率直说，我们还在
红尘里赶时髦
热衷于争夺旧巢
况且天天开杀戒
把昆虫“众生”当佳肴
岂不是违犯佛法清规
死后被打入阴曹

蓝绿辉映的羽毛
宛如一块晶莹的玛瑙
有人把我供养在佛前
在死灰里透出一丝生气
显示佛门的庄严寂寥
我虽称不上彻底的唯物主义者
但也不反对别人信仰宗教
也可说是大逆不道

三宝鸟，属佛法僧科，过去就叫佛法僧，俗名老鸹翠。佛、法、僧是佛教的三宝：佛，指创教者释迦牟尼或其他一切佛；法，指佛教教义；僧，指继承佛教教义的僧众。

它喙短而阔。口角深裂，嘴和脚都是朱红色，只尖端微黑，全身羽毛多蓝、绿色，翅上有淡色斑，下体带金属光泽，头部和尾部黑色，成鸟喉部更有光亮的蓝色。我国有蓝胸佛法僧，见于新疆西部；棕胸佛法僧，留居四川、云南一带。

三宝鸟栖息山林，在大树洞穴深巢，铺上叶片、枯草等，或利用鸦鹊旧巢，有时甚至强占喜鹊巢。

它是山区群众喜爱的农林益鸟，主食重要害虫。当它停歇在树顶的枯枝上，一旦发现空中有飞虫，即直扑捕捉。飞行时左右颠簸不定，忽而翻转直下，别有风姿。平时很少鸣啼，当起飞或与他鸟争斗时，鸣声粗厉急促，听后令人难忘。

名不符实

营冢鸟

死亡往往跟墓冢紧密连结在一起
有的年纪轻轻就把阔气的寿域寻觅
有的陵墓永远住着长生不老的英灵
有的在火中、水中或鸟腹中永生
有的庞然大物死无葬身之地
你们艰苦营冢是以生存为目的
人们给你这个称号实在太不合理

艰难啊，场地上重叠着亿万双强健足迹
足迹下沉积着岩盐般的咸涩汗滴
难以用立方计算的土方从东搬到西
大厦建成了，竟超过你身躯成千倍的体积
大自然任性地安排了干湿寒暖
你调动了全身神经机能作为温度计
为的是躲避乌云乍起的风风雨雨
还是为了繁衍见面不相识的年幼子女
假如把大厦当作墓冢
在你的冢前只好竖一块无字碑，请有识之士为
你的墓志铭题词

营冢鸟，体形好像吐绶鸡，嘴为鸡形，喙呈圆锥形，头颈两部皆裸出，显淡红色，脚强健而巨大，善于挖土。所以拉丁语学名的意思叫“巨脚鸟”。属营冢鸟科，全球有200多种。

雌雄鸟羽色没有多大差异，大都是黑褐色，翼短而圆，不能南飞，尾羽能收放自如。产于澳大利亚和新几内亚。全部生活在热带雨林中。

它们有特殊的营巢习性。进入繁殖期后，先在林间地面上挖个大坑，再一层腐败枝叶、一层土往上加，直到造成一个坟冢形的大土堆，高达1米半，直径有3～4米。有的比一间房屋还高大。在冢顶挖穴产卵，亲鸟都不就巢，它就是"营巢不孵卵"的鸟类。是借腐败物质发酵之热来孵化。雄鸟每天把头部或上半身钻进洞穴，测量冢内部的温度，一般保持34℃～35℃左右。温度过高时就挖洞通风来降温，温度下降时就在冢补堆积沙土来保温。因而有人推测它的舌头尖部很可能存在着特异的感温器官。

营冢鸟的雏鸟很早熟，雏鸟出壳不到一天时间即能飞，对辛辛苦苦营巢并调节温度孵化的亲鸟，竟视若不见。亲鸟仍守着巢，雏鸟自管自走了。

澳大利亚著名鸟类学家弗雷思，为了了解营冢鸟调节巢内气温是否可能是"有意识"的行为，曾作过详细实验与观察。如夏季，它是以掩盖沙土来降温的，如果在这个时期故意提高巢内的温度，它仍是根据固有经验，拼命往巢上加土，但却想不到应该挖开洞口来通风降温。由此证明，它能准确地掌握、调节温度，完全是一种先天的本能活动，并不是智慧、有意识的行为。

空中虎豹

鵟

骑着白云
啄落星斗
以双翼丈量高空
用胸脯预测气候
开辟新的什么阵地
你昼夜在空漾中漫游

虎的脾性
豹的胆量
跟如狼的野鼠
有不共戴天之仇
进击,勇里有智
擒捕,刚中有柔

啊,哪里来的烟囱
如高射炮群,向空怒吼
不聚雨的乌云
增添我的忧郁与悲愁
更难以理解的
有人竟用无情的枪眼
窥视我的胸口

这些人啊,
不知天高地厚
何时竟布下天罗地网

要杀戮我们这群捕“狼”能手
清醒呀，无知的人们
杀了敌人的敌人
或许就是杀了自己的朋友

鵟，是大型的鹰隼类猛禽，又名鵗鶥。《广雅·释鸟》：“鵗鶥，鹞也。”属鹰科。

它身长约51厘米，全身褐色，尾部稍浓，两翼下有白色横斑，飞翔时显露出来，远看如鸢，但鵟尾圆而不分叉，这是跟鸢明显的区别。它们一般栖居在高山悬崖绝壁，在空中盘旋，观察地面动静，发现有野鼠，即疾速俯冲抓食。有人曾对386只鵟剖腹，对胃内食物进行分析，发现胃内有1348只鼠类。可见鵟对于消灭森林里的鼠害有重要作用，是森林和农田的益鸟。

在我国最常见的有普通鵟、大鵟和毛脚鵟三种。普通鵟，繁殖于我国东北小兴安岭和长自山，每年九月下旬开始迁徙，冬季迁至我国南部。它体形似苍鹰，体羽暗褐色，尾较短，展开成扇状，俗称土豹。大鵟，比普通鵟大些，体羽色较淡，腹部淡白，大腿羽毛为褐色，性凶猛，繁殖于我国东北、内蒙等地，冬季迁至华北或长江流域一带。毛脚鵟，跟普通鵟很相似，但胫部及脚上布满羽毛，是本种的鉴别性特征，常见于东北中部南部、新疆西部以及山东、江苏等地。

以声知名

鹧　鸪

从历代书画的荧光屏
你走来很不出众的身影

从竹简到新印诗词的录音带上
人们听见你不同凡响的心声

为断续细雨飘在残叶上
淋湿了情侣深陷的眼眶

似幽咽流泉在密林中呻吟
漂白了远方征人的双鬓

像一把把锐利而无形的匕首
飞向夜抱孤儿的寡妇的心头

你们时时千声万声向南啼
试问久别的游子何时归

没有多彩的立体声
哪能凝聚成灿烂的美名

药房里堆积的驱蛔鹧鸪菜
就是盗用了你们的名声

名声

是无形的丰碑
不是昂贵的商品
不可买卖、转让、借用、盗窃
只能用心声来奉赠

鹧鸪，是一种小型短尾的鸟类，属鸡形目雉科。外形比鹌鹑稍大，像竹鸡、山鸡。穿着有卵圆形白色斑块的黑衣裳，头上披着有褐黄色杂斑的黑头巾。它怕霜露，早晚罕出，在林间草丛里营巢，用草叶和羽毛筑成，吃谷粒、豆类、种子，也吃一部分昆虫。

暮春，常在山巅树梢，发出嘹亮的鸣叫声，先低头发出“叽——叽——叽”，随即引颈高叫“嘎——嘎”。古人以其叫声拟音为“行不得也——哥哥”，诗人词客听到鸣声后，因所处身世环境不同，带上自己的感情色彩，在诗词书画中留下不少名篇，鹧鸪也因此出名了。唐人郑谷因写了一首关于鹧鸪的诗出名，时人叫他“郑鹧鸪”。历代诗词都赋予了鹧鸪幽恨哀思、缠绵悲戚的情调。

《禽经注》里说：“鹧鹕其鸣自呼，飞必南飞，虽东西回翔，开翅之始，必先南主，其志怀南，不徂北也。”《广志》也云：“鹧鸪鸣向，但南不北。”

鹧鸪是林区一种主要的狩猎对象，是野味佳肴。《本草纲目》里说：“南人专以炙食充庖，云肉白而脆，味胜鸡雉。”药房里出售的鹧鸪菜，不是鹧鸪制成的，而是一种产于暖海岩礁上的“美舌藻”制成的。

走兽的伙伴

牛　鸦

浅水河边
牛背是一只
半浮半沉的舢板
你们在船上
作乐欢宴
牛尾巴一甩
牛鼻孔哼出舒坦
满河涟漪
是牛鸦的张张笑脸

羚羊在岸上行走
似负重的骆驼
低着头，流大汗
你们骑在羊背上
正在进快餐
那圆圆的小眼
编织了激光防线
警报——
你迅速高飞
羚羊告辞了死神
敌人报废了包围圈

飞鸟与走兽
天上地面一线牵
凝固了友谊

贯通了情感
人，居万物之上
对鸟兽
不会言语的乌兽
该拿什么色彩的心花奉献

牛鸦，一名啄牛，属啄牛科的鸣禽。眼帘赤色，上体褐色，下面暗黄兼白，嘴基长约3厘米，嘴端赤，臀部及上部尾筒，色苍黄而褐，翼部稍黑。中尖的尾羽亦黄褐，其他部分，外部黄，内部淡褐，头颈全部黄褐，而比背部色少暗，脚及爪皆褐色。性凶暴，鸣声尖锐，多产于非洲西南部。常集于牛背上，觅食牛体上寄生虻的幼虫，牛鸦由此得名。当牛鸦群集到牛背时，牛会惊慌一下，除去牛虻后，逐渐感到舒适，也就很高兴了。

牛鸦有时歇在羚羊的背上，吃它身上的寄生虫。如遇猛兽到来，牛鸦很快发现，而且展翅高飞，这就像警报，使羚羊赶快逃避。

这些都是鸟类与兽类之间存在着的共生关系。

我国长江以南各地，还有一种叫牛背鹭，俗称"黄头鹭"，头、颈、上胸蓑羽呈黄橙色，背部蓑羽金黄色，多栖在平原或山脚下，常在牧场或翻耕过的田中觅食虫类，有时也栖息在牛背上啄食牛体上的寄生虫。

动物人参

鹌　鹑

社会主义春意浓
门户开放信息通
我本山野无知辈
从此一鸣也惊人
市长亲自来探望
科技人员细谈心
报刊请我坐首席
高级宴会有我名
惊弓之鸟受宠爱
条条神经都振奋
回顾千年坎坷路
祖祖辈辈受欺凌
山野草丛流浪者
饥寒交迫难入眠
春秋时代始驯养
野鸟逐渐成家禽
作“为上大夫之礼”
无非当当装饰品
封建帝王太无聊
拿我相斗比输赢
斗得血溅肉横飞
兄弟刀下不留情
一谈往事毛发立
绿色梦中常惊醒
而今主人是“伯乐”

款待我们为上宾
现代科学作分析
《饮膳正要》论功能
身藏 AB 维生素
蛋白质含铁钙磷
经典引自李时珍
动物类中称人参
祖国振兴饲养业
我是家禽主力军
足迹遍及五大洲
平凡业绩震乾坤
愿为人民作贡献
粉身碎骨也甘心

鹌鹑，头小尾短，有“秃尾巴鸡”之称，属雉科。雄鸟颊、颏、喉等部为淡红色，而雌鸟则近淡白色。全身羽毛赤褐色，枣有暗黄色条纹。胆子很小，窜伏近水山地浅草丛，没有固定的住所，所以又有鸟类中的流浪者之称。主食植物性食物，有时也吃昆虫。在我国东北地区繁殖，迁徙及越冬时遍布我国东部，少数常年留居河北省及长江下游一带。

我国饲养鹌鹑已有二三千年历史。它的蛋和肉味道极其鲜美，药用价值很高。《饮膳正要》(元代忽思慧著)说：“鹌鹑味甘，温平，益气，补五脏，实筋骨，耐寒暑，消结热。”《本草纲目》里也有“鹌鹑益中续气，和小豆生姜煮食止泻痢”之说。

当今，世界上有不少国家把养鹌鹑作为饲养业，我国也有不少地方办起了养鹌场，家庭养鹌鹑也大有发展。鹌鹑磺是宴席上的佳肴。

及时雨的苦恼

斑 鸠

梨树绽开雪花
柳絮飘出轻盈
你们——斑斑乳鸠
野鸽子的近亲
在酱紫色的喉咙里
喷出湿漉漉的歌声

绵绵春雨
滋润着一颗颗心

萌出翡翠的秧苗
映照满脸朗晴
戴着尖帽的竹笋
破土窥视一双双
焦渴的眼睛
池面的鼓点
敲淡了一点点口红

密密雨帘
却拦不住篱外怨声

浓缩的咸水
企盼着晶莹的结婚
手帕的扬帆
载不完超重的心情

满园花姑娘
收起华丽的连衣裙

雌呼雨，雄呼晴，
你的歌声里飘着愁云

斑鸠，是人们早已喜爱的树栖鸟，是鸠鸽科鸟类中的一种。我国常见的有珠颈斑鸠、灰斑鸠、山斑鸠等多种。我国东部是它遍布的地区，西达陕西、四川，南至广东、海南岛以及台湾省，全是留鸟。

在古籍中有不少关于斑鸠的记载。《诗经·氓》中有"吁嗟鸠兮，无食桑椹；吁嗟女兮，无与士眈"的诗行。李时珍曾对斑鸠作过考察，说："今鸠小而灰色，及大而斑为梨花点者，并不善鸣。惟项下斑为真珠者，声大能鸣。""雄呼晴，雌呼雨。"从古以来还流传着"天欲雨，鸠逐妇；天既雨，鸠呼妇"的谚语。

斑鸠的巢很简陋，就在树干的枝杈之间，横七竖八架几根树枝，从下面仰看，巢中的卵历历可数，往往因震动而堕下来。斑鸠以杂草种子和谷物为食。

斑鸩爱在春雨中鸣啼，因而得到农民的喜爱。三国时曹植在《魏德讴》诗中把斑鸠作为吉祥的象征，新加坡人也特别喜欢斑鸠。

斑鸠的肉是美味的山珍，有益的补品。《本草纲目》说："鸠肉，明目，益气，助阴阳。斑鸠补肾，故能明目。"

最毒的鸟

鸩

发黄残破的古籍中
夹着你只爪片羽
鸟类的庞大王国里
算你最毒

血肉好似子弹
中弹一命呜呼
屎溺沾着石头
石头黄烂化为豆腐
百虫敬而远之
蝮蛇在你肚中折服
羽毛浸于酒中
橙红映着紫绿
哦,这就是大名鼎鼎的
鸩酒
蕴藏着死的严肃与沉默
当高擎盈盈金樽时
脑海深处会泛起什么

物极必反
以毒攻毒
假如你真实存在
不属于考古
那在你的细胞中
将会找出人类需要的某种元素

鸩，是传说中的一种毒鸟，喜食蛇，羽毛紫绿色。《别录》说：“鸩生南海。”弘景对鸩的解释是：“鸩，状如孔雀，五色杂斑，高大，黑颈赤喙，出广之深山中。昔人用鸩毛为毒酒，故名鸩酒。”

另一种说法，说它像鹰，但非常毒。《尔雅·翼》云：“鸩似鹰而大，状为鹦，紫黑色，赤喙黑目，颈长七八寸，雄名运日，雌名阴谐。运日鸣则晴，阴谐鸣则雨，食蛇及橡实……其屎溺着石，石皆黄烂。饮水处，百虫吸之皆死。惟得犀角即解其毒。”

有关鸩酒的传说在我国古代很多。《汉书·齐悼惠王传》里说：“太后怒，乃令酌两卮鸩酒置前，令寿王为寿。”颜师古注引应劭曰：“鸩鸟黑身赤目，食蝮蛇野葛，以其羽划酒中，饮之立死。”鸩酒毒到如此程度，还没有人实验过，古籍既有这段记载，有可能的话也有研究的价值。持绝对肯定或绝对否定的态度，都不是科学的。

竹筒伴奏

筒　鸟

我们没有天赋
清润的冽泉不流过喉咙
不会唱动人的歌曲
只能吹吹竹筒
蓬蓬蓬，蓬蓬蓬
为渔鼓艺人伴奏
欢唱今天的欣喜
倾吐昔日的苦痛

杜鹃，鸤鸠
不能说是同胞
至少堪称同宗
他们跟我
履历没有什么差别
穿戴没有什么不同
只因他们舌根灵活
共鸣了文人的心声
因而他们出入词家的门庭
飞翔在诗人的心胸。
我，命运早已注定
不敢白日做梦
蓬蓬蓬，莲蓬篷
边吹竹筒，边找害虫
虽然以声取名
同样感到光荣

筒鸟，是攀禽类杜鹃科的一种，跟杜鹃、鸤鸠、鷃鵊等没有很大的差别。除西半球所产的筒鸟能作粗拙的巢以外，其他都不筑巢，它们的卵产在他鸟之巢，借他鸟之巢孵育之。孵化出来的雏岛，性暴，往往把他鸟之雏赶出巢外，或把卵抛出巢外。

雏筒鸟的羽色与成鸟大不相同。雏鸟酷似鸤鸠的雏鸟，腹背部都有黑色横条纹；成长时羽色如杜鹃，胸腹有黑色横条纹，条纹最宽的约 0.3 厘米，翼长约 16 厘米至 20 厘米。习性与鸤鸠基本相同，栖于山野，春去秋来，主食昆虫，为保护鸟。

它的最大特征是鸣声蓬蓬，如小孩们玩耍时吹着竹筒，因而叫做筒鸟。

富有闲情逸趣

别墅鸟

我们不是吸人汗血的贵族，
却善于营造别有风格的别墅，
请五彩斑斓的鹅蛋石来填基，
用嫩绿枝条架起平台，圈围园圃。

羽毛、蛤蛎壳显耀门庭华贵，
两口子常在幽径上低吟、散步；
踏着月光如水的夜晚狂欢跳舞，
鸟类之中就算我们最有闲情逸趣。

有人认为穿草鞋是享受，
几辈子住茅舍也算幸福，
不学文化是极端反动的东西，
富裕，是一只深山里扑来的饥寒的猛虎。

告诫尊敬的极“左”先生们，
请你改掉只能适应清茶淡饭的胃口
不习惯住高楼穿革履的脾性。
你太单调了，
除了工作还是工作，
工作就是体息，
休息也像工作，
站在原地跑步。
假如你有似紧张其实松弛的大脑，
来了闲情逸趣的灵感，

我们可以为你们，
义务设计大厦的蓝图。

别墅鸟，体形颇像雉，有鸽子那么大小。雄鸟体羽又浓又黑，混有黄金色泽；雌鸟上部羽毛褐色，下面有斑纹。

鸟类中最有闲情逸趣的，别墅鸟可能首屈一指，它又是技艺高超的建筑师。它先选择风景秀丽、平坦向阳的地方，再找来许多大小均匀的鹅卵石铺在上面，似乎是填基了。再找来众多的小树枝，植于四周，每枝的大头一定朝下，插在石隙中，两边枝梢与枝梢参差相交，形成一个穹顶的跳舞厅。棚中空洞洞的，长约 1 米，这就是它们的别墅兼游艺场了。

它们很讲究美观，四处寻来五颜六色的蛤蛎壳装饰在门上，又找来美丽的羽毛，悬挂在游艺场中的枝桠上，以炫耀自己的华贵堂皇。雌雄鸟终日在别墅里唱歌跳舞，快乐无穷。

别墅鸟是属鸣禽类园丁鸟科的一种，产于澳洲。

清洁卫生的典范

田 凫

朴素的自然美
你特别欣赏
平生酷爱未经雕琢的山水
喜欢黑的庄严，白的大方
在芦苇荡里
寻找淡泊、安详
多彩的梦幻
围着无边的青纱帐

但，你却不厌世
充满着坚毅与力量
剥开地球的表皮
开拓生活的宽广
挖掘，挖掘，挖掘
挖掘自己的希冀
人类的向往
当你离开了紧张
又来到沼池旁
借着阵阵清风
梳理素裹淡妆
借着一泓澄碧的泉水
洗净粘泥的口腔
洗净社会上的肮脏

文明的鸟儿

你讲究清洁卫生
注意身心健康
是天赋，还是遗传
连你出生的卵——
未来的生命
一闻也有几分暗香

田凫，体型跟斑鸠差不了多少，头部有黑色冠毛，额和喉、胸部也是黑色，背部也是有光泽的黑色。体的下面是白色。看上去，整个体羽基本上是黑自两色，唯上下的尾筒部栗色略带淡黄，尾端有宽阙的黑纹。脚赤色，后趾特别短小，眼褐色，有光辉。雌鸟冠毛小，色彩也不如雄鸟美丽大方。

田凫属涉禽类的千鸟科。

它栖息在沼池河边的芦苇丛里，善于行走，觅食时以爪挖地，找虫吃。嗜好蠕虫以及蜗牛、甲虫、蝶类的幼虫等。它很爱清洁，挖泥食虫的嘴稍粘着泥，就用水洗干净。营巢在芦苇中，每窝产三四个卵，卵有香气。分布于欧亚两洲，多见于北部。

华服勇士

锦 鸡

早起朝晖的金光涂上冠冕，
迟睡晚霞的浓黄披在颈腰，
梅雨潭的暗绿加到背上，
峨嵋山的佛光在全身闪耀。
天地间有多少色彩聚集在
这件稀有的锦衣，传世的珍宝！
有人认为富丽堂皇只能属于资产阶级，
大自然装饰师无奈，长叹一声捧腹大笑！

以褐马鸡的迅疾，座山雕的凶残，
直捣情敌的腑脏，撕毁情敌的华袍。
以孔雀屏的吸引力，鹤舞步的潇洒劲，
揣着急促的心跳跟炽热的理想拥抱。
你是爱情海洋上潜水格斗的强者，
往往以失败告终，英灵在空中飘荡。
你也曾一时得意在长杆极顶站立骄傲，
刹那间，华丽的尾羽却在闷热中煎熬。
啊，你虽有双翼不能驾青云直上九霄，
反正得不到勇士桂冠，仍就是鸡的称号！

锦鸡，是一门华丽的家族，有红腹锦鸡与白腹锦鸡之分，都是我国特有的观赏珍禽，也是经济价值很高的鸟类，驰名于世界。分布在全国各地，尤其是我国西南地区特产，属三类保护鸟。

它又名金鸡，是雉科的一种，栖息在多岩山地的乱石堆里，或矮树竹林丛里，食性较杂，以灌木的幼芽、嫩叶和竹笋为食，有时也吃甲虫、蜘蛛等昆虫。

每年四五月，是锦鸡的繁殖季节，它跟孔雀一样，展示身上绚丽的锦衣，炫耀轻盈、潇洒的舞步，向雌鸟求爱。往往在雄性之间展开激烈的决斗。1983 年严冬，笔者独自一人上西天目山自然保护区体验生活，时近黄昏，在九百米高的山上悬崖间，听到沙沙作响，深以为疑，难道有什么巨蛇猛兽在活动。仔细观察发现，崖下矮丛林里有两只锦鸡在追逐嬉戏，穿梭奔跑，那羽毛、形态、舞姿真是美极了。掷去一块小石，它还注目窥视一下，抖抖羽毛，然后悠然地潜入草丛中去了。

锦鸡每次产卵较多，约 15—20 枚，梨形。它的性情平时温和文静，跟情敌格斗时又极其勇猛凶残。它是易于饲养和培育出新品种的鸟类。在殷代，锦鸡的尾羽就用来做雉尾扇；唐宋以后，有时还绣上孔雀等图案。“我愁远谪夜郎去，何日金鸡放赦还”，这是诗人李白流放夜郎时的诗句。在古代，新登基的皇帝举行大赦仪式时，让金鸡站立在长杆顶上，击鼓三通以后，才向罪犯宣读大赦令。这时的锦鸡真是不可一世，但终究逃脱不了被残杀的命运。

黑色的音符

河　乌

绿翠翠山峦
是一张斜放的乐谱
白花花溪流
似数条乱画的线路
你们站立在溪流巨岩上
多淡雅，飞出一串串黑色音符

从溪湾到山坳
快旋律，一条直线
从水面到高崖
一条弧线，音高八度
潜入深潭
沉下去的休止符
不，你并不休止
跃进时代潮流
让灵感滋润
将形象搜捕
谱写一部新儿歌

河乌，是河乌科通称的鸣禽。全身黑油油的，几乎都是黑褐色绒毛，所以名乌。嘴长而尖锐弯曲，尾短，翅短圆，栖于山间的溪流或河畔，全国各地都有。

还有一种叫褐河乌。嘴、脚及全身都是黑褐色，唯眼圈白色。俗称水黑老婆。是常见的一种食虫鸟。它的姿态、动作很奇特，尾部上举，头向后仰，头尾可以同时活动。在山坳的溪中岩石上，飞来飞去，直线飞行时较为迅速，如遇见人，就顺溪流向相反的方向疾飞。有时它能潜入水底，在下面砾石间寻找石蚕、积翅虫、蜉蝣等水生昆虫及其他幼虫，另外也吃植物种子、树叶、小鱼、蜘蛛、蜗牛等。

它还能入药。

廉洁奉公

鹪　鸬

家住水滨岩隙
床铺苔藓枯叶
不穿绫罗绸缎
未尝珍珠琼液
专操水底作业
掀掏河道沙砾
侵犯鱼类害虫
坚决于以歼灭
虽然楼台近水
从未首先得月
跟鱼亲密交往
不吃半块鱼屑
座右未曾坚铭
出口语言炽热
我非公职人员
自勉务须廉洁
保护鱼类资源
乃是千秋大业

有人离水千里
却能悠然垂钓
山珍飞进高楼
石斑长了双翼
此事值得研究
这是科研伟迹

研究有烟有酒
盛意不可辞谢
茅台划了鸩羽
“中华”另有一绝
烟听心情沉重
内装纸币一叠
拥抱金条狂呼
暂借半张口舌
挖了国家基石
管它在朝在野
为此科研成果
堪称呕心沥血
不仅要加奖励
更应大立碑碣
人类比之鸟雀
是否感到脸热
热能化作烈火
焚烧歪风毒蝎

鹈凫，是河乌科的一种，遍布全国各地。

它在溪边岩石缝隙里筑巢，铺上苔藓、干草和枯叶，巢成球状或杯状，每窝产4—6枚卵，卵初生时有光泽。孵化后光泽即退去，一年产二次，雌雄共同养雏，雏出壳后二十多天离巢飞出。

它的羽毛含着油质，一上水就不会潮湿。体羽的上面暗灰，有褐色斑，头、颈及霄部浓茶褥色，颏、喉及上胸部都是白色。嘴为锥形，脚强健，趾长而分离，尾短而略向上。

鹈凫往来于水滨，潜入水底掏掀砾石，觅食蜉蝣科的幼虫以及其他食害小鱼的昆虫等。它的最大特点是整天在河池里跟鱼类一起生活，却绝不吃鱼。可以说，是鸟类中廉洁奉公的典范。

落霞的伙伴

鹜

滕王阁几经湮灭
王子安早已作古
描写你们的诗行
却成为千古绝句
与落霞比翼双飞
情趣横溢洪都
啊，天才文学家的笔尖
放着历史的长线
古往今来
为你们沽名钓誉

不讳言，你们就是野鸭
难以引人注目
轻舟水面浮
行旅于江渚
我却印了“鹜”的名片
到天庭游说
从此身价百倍
名入史册
广告画致富之道
毋须思索

出于对王勃的爱慕
我在赣江畔寻找典故
秋水啊，披着澄碧的素妆

正与蔚蓝的长天
接吻，抚摩
落霞却热情地
与冲天烟雾狂舞
可怜的孤鹜啊
你飘泊何处
滕王古阁已经修复
愿你早日回归
浓酒三巡
撰一篇《滕王阁新序》

鹜，是鸭科游禽，古代泛指野鸭。

它形似凫而较大，嘴扁，颈长，翼小，尾短，腹部如舢板船底，脚长在体后端。羽毛较密，色彩有全白、栗壳、黑褐之分。雄的较大，头颈部多黑色，有绿色金属光泽。尾端有脂腺，能分泌脂肪，它经常以嘴涂脂腺，抹在全身羽毛上，所以羽毛入水不沾湿。它善于游泳，拙于步行或远飞。

冰河释冻时，鹜即结群北迁，来到出生的故土——我国东北及西北地区繁殖，营巢在岸边地面草丛闻。用杂草和绒羽衬垫，并用杂草把巢掩盖住，为的是孵卵保温，也防止猛禽窃食。

春秋季节，它们集成数百只成群从我国全境经过，长江流域不少地方是它的越冬地点，赣江流域也不例外，可惜近年来太少了，甚至在滕王阁也不见它的踪迹了。

鹜的肉、卵可以吃，还可供药用。《本草纲目》指出鹜的血可解诸毒；肉可补虚寒；胆可涂痔核、点赤目，卵可治心腹胸膈热。大量繁殖后，也可适当狩猎。

进击精神

隼

闪电，来不及眨眼
横飞的矢
穿过凫雁鹭鸠
穿过红圈圈之“的”
穿过视力线
落到四十年前
记忆的深渊激起漩涡、涟漪

那是在塑造自尊感
回收离心力
那时凫鸠是入室的狼
“矢”的意思不必再作解释
你的体内装着原子能
喙爪是钢铁利器
进击
进击
进击
向着未来
向着海底
向着天空
向着胜利

隼（鹘），一名鹘，是鹰科中的一种猛禽。体型比鸽子稍大，头顶、后头、眼缘及嘴根绕喉部，呈黑色。背面青黑色，腰及上尾筒稍淡，有浓暗横斑。双翼的拨风羽灰黑，边缘细白，内有几点黄白横斑，腹面黄白。上嘴钩曲，青黑色，脚强健，四趾都有钩爪，雌比雄大，羽毛相同。

它性敏锐，飞行极速，如出弓之矢。《玉篇·鸟部》说："鸷……急疾之鸟也，或作隼。"它以小型动物和昆虫为主食，古代驯养起来助猎，用来捕杀凫、雁、鹭、鸠等。

我国常见的种类有游隼、燕隼及红隼等。游隼为我国北方的旅鸟，南方为冬候鸟，是体型较大、翼较宽的一种。燕隼，体形较游年小，翼端尖锐，栖息时翼与尾一样长。翼下淡灰色，飞翔时仰看似乎是黑色鸟类。它遍布我国东部，在黄河流域，为夏候鸟，在广东省系留鸟。红隼，翼较游隼为尖锐，常栖于田圃附近及开阔的山麓平原等地，有时悬停在空中，见到小鸟或野鼠，即直下掠取之。终年留居于华北一带，冬季在我国东南部以及台湾省也能见到。

文明小家庭

沙　鸡

沙漠莽苍苍
草原无限碧
蔚蓝为天幕
紧紧盖故里
红日赶白云
处处皆艳丽
集群急行军
生活寻甜蜜
无须造新屋
遍地印脚迹
夫妻风姿秀
服色无差异
繁衍下一代
共同抚养之
夜晚夫值班
体温驱冷气
白天由爱妻
调节其寒暑
共同沥心血
相互得慰藉
一朝儿坠地
夫妻乐滋滋
教儿学沙浴
如何用利器
草原天地宽

青春竞比翼
飞向新垦地
理想再寻觅
相亲又相爱
永远不分离
文明小家庭
一首爱情诗

沙鸡，属鹑鸡类沙鸡科，又名鳩、突厥雀，种类较多。外形略似鸽，嘴小如家鸡，喙短而微曲，翅尖长，飞行很快。羽毛较密，背部暗褐，有黑条纹，腹之上方灰白，而下腹呈黑色，稍带淡红。雌雄羽色没有多大区别。产卵不营巢，每产常三卵，卵有斑。白天雌鸟孵化，晚上雄鸟孵化，经二十多天才化雏。

它常栖息在亚洲、非洲的沙漠和草原地带。在我国的代表种类是毛腿沙鸡，雄鸟长约四十厘米，上体沙褐色，有黑色横斑，初级飞羽很长，末端呈丝状。雌鸟羽色与雄鸟相似，但头、颈、背部白色，都不生后趾，前三趾后生，披着羽毛。毛腿沙鸡的名称由此而来，主食种子与昆虫，常在开阔地带结大群觅食。冬季在东北南部、河北、山东等地，为不定期的冬候鸟。肉味甚美，尾羽可做装饰品。

丰收赋的标点

跳　凫

田畴，是放大了的稿笺
我们，却是缩小了的标点
不论是抒写丰收赋
还是吟咏商品赞
都得让我们挤进行间
主人写到痛快处
大笔一挥
我们就飞个满天

畦畦垄垄，是稿笺分行
稿纸的天地、行间
蕴藏着和煦温暖
春，就在这里孕有
金黄，是殷切的企盼
我们不是乌合之众
巡逻放哨，戒备森严

假如鹰鸢敢于来犯
抹去一个小小的标点
我们就拉起警报
群起而攻之
让所有标点化为子弹
向着敌人
——围歼

跳凫，分布在我国北部，繁殖力较强，是农业的益鸟。

它属千鸟科的一种涉禽。嘴比颈长，嘴角与眼之间有黄色小瘤，这是它的独特标志，可以跟其他同类鸟区别。身体的上面大部分是褐色，腹及尾部都是白色，翼后缘和正羽褐色，逐渐变为黑白相间，再逐渐为白色。脚较长，趾短，后趾更小，趾间长着胰，翼长约30厘米左右。雌雄鸟羽毛色彩基本相同，它好捕食昆虫及蠕虫。冬季往往成群在水田里觅食。

群行时发出“计理——计理——”的鸣声，所以又名计理。每年四月间在稻田岸边的杂草丛中产卵，每次产四卵。雄鸟警戒性较强，若鹰鸢前来侵犯，它就在空中高鸣，发出警报，群起追逐敌人。

天涯知音

海 燕

乍看形影似，
非同紫燕源。
远洋攻技艺，
绝壁建家园。
千里乡音杳，
归来笑语喧。
天涯存挚友，
水域卫生员。

海燕，是小型海鸟，并不是燕类。因为它形态很像燕子，所以叫做海燕，是属海燕科的一种游禽。

它的体色大都苍灰，嘴的上面隆起，尖端钩曲，鼻孔呈管状，开口于上嘴边缘稍向前，左右相接，耳羽与两腹羽黑褐，肩羽及臀羽的尖端及下尾筒有白荫纹。尾不长，呈叉状。趾有蹊，翼细长。它不同于家燕，能在水面游泳，不时掠飞水面，速度较快。它用自己的唾液粘住其他物质，营巢在海岛或岸边的悬崖绝壁间，直径 15 厘米，周围约 66 厘米，相当牢固。但它的窝，不像金丝燕的窝，不能做燕窝名菜。它食水生动物或食海产动物的尸体以及船舶投弃的食物，有利于净化海洋。

我国所有海燕体长在 30 厘米以下，较普通的种类是黑叉尾海燕，全身羽毛青灰近煤黑色，尾羽呈叉状，在我国台湾省附近的岛屿繁殖。华东沿海有时在夏季可以看到这种海燕。

追赶时髦潮流

雷　鸟

大地脱下鹅毛绒御寒外套
真挚地袒露出赤诚的胸脯
你扑在母亲怀里急促呼吸
穿着泥土般朴素感到幸福

无情的朔风骑着摩托西窜东闯
广漠的草原吓得脸色枯黄
你却穿着淡灰西装参加舞会
崛起古老民族的风流与悲壮

沉默的冬季仙人从九天降临
披着晶莹的安详，激动的文静
你又化为白姑娘，祈盼新绿
揣着一颗炽热、殷红的心

追赶美，追赶时髦潮流的使者
为的是跟千奇百怪的大自然抗争

雷鸟，比鸠稍大，嘴似家鸡，眼上有小形的肉冠，栖于高山或寒带的平原上，营巢于地上，跟雉的特性相似，属鹑鸡类松鸡科。

它善于行走，特别是在雪下穿行，因为它的腿和脚趾周围长着较长的细毛，增大了脚与雪的接触面，披着较厚的羽毛，有利于在雪下啄食。主食树叶、种子和昆虫。飞行较迅速，但不能远飞。它分布于黑龙江流域，新疆的最北部也有它的踪迹。

雷鸟在一年中羽色变化三次，不同于一般鸟类的两次换羽。春天，它换上斑驳的褐色羽衣，酷似泥土的颜色。秋季，地上苔藓等植物枯萎，它也换上灰色的背羽，与周围的颜色相一致。一进入冬季，白雪纷飞，它又穿上雪白的冬装，因为雷鸟防御能力较差，缺乏隐蔽条件，为了防止猛兽的捕食，只得采取保护色来适应。据说，生活在北极的狐狸，为了适应环境，冬天也换上雪白的毛皮呢。

西非还有一种能随天气的朗晴阴雨而变换羽毛的退色鸟，甚至一天要变多次。明丽的春天，退色鸟从空中降落到浓绿的枝叶间，真像一朵朵鲜艳的红花，美极了。

青春的刚毅

血　雉

山川原野一律银妆素裹
你在死寂中点燃星星篝火
零下十度的心室开始回升
煮沸了一条铁硬的长河

浓绿在盛夏画面上乱泼
惊醒草丛中会飞的红花朵朵
画一根红线连接透明的雪线
苍白的想象卷进欢乐的漩涡

铮铮羽翎抖落多少风霜雨露
锦衣留着斑斑血泪的思索
那是青春血气方刚的伟大标志
从来你就敢于跟大自然拼搏

带血的名字跳动着红细胞的脉搏
微小的红细胞含着瀑布的雄奇和磅礴

血雉，是雉鸡科的一种。雉鸡可称得上是华丽家族，血雉更是雉鸡中的较稀有的品种。为了保护雉鸡资源，目前世界上不少国家正在采取积极的保护措施。日本把雉鸡定为国鸟。我国国务院颁布的《野生动物资源保护条例》中将雉鸡列为保护动物，是我国三类珍贵的保护鸟类。

它又名血鸡，头戴灰褐色羽冠，细长而尖的羽毛成矛状，羽干白色，额头、尾羽上掺杂着绯红色，如华美的织锦。飞行时，羽毛飘飘漫卷，如绚丽的花朵，轻盈的红灯，点点的火星。雌鸟的体羽较暗褐。冬季栖息在较低山地，一般栖息于两千米以上的高山灌木丛间。秋季结群活动，夏季可达四千至五千米靠近雪线的地方。它经常在草丛间觅食绿色植物及种子，有时也吃甲虫及软体动物等。一般筑巢于树洞中，巢呈浅碟形，用枯枝、树叶铺成，每窝产卵二至六枚，黄白色，有赤褐斑点。

血雉分布于我国西藏、四川、青海、甘肃及祁连山、陕西南部的秦岭。

垂危的彩霞

朱　鹮

残冬的苍白
抒写低沉纯结的诗笺
退色的朱丹
古老勋章在愁闷中
强打起笑颜

矜持竖起旗杆
热情的风卷回昨天
头顶是晴空万里
红日高悬
身边是白云飘扬
彩霞一片

记忆还未失灵
为什么
白云总是镶着黑边
无辜的松杨被判处死刑
农田里安装着无形的毒箭
惨败中的幸存者
泪泉烤干了
控诉、呼救的烈焰

朱红象征什么
是常识
再不必引经据典

我从不敢以“老革命”自居
为什么
朱红的颜色
却遭到无情的熬煎

衰死无能了
面对西山落日
长风为我表达心愿
北京动物园里的下一代
快快成长吧
继续朱红的传统
在绿色的海洋里
飞起新霞片片

朱鹮就是朱鹭，又名红鹤。《本草纲目》里说：“似鹭而头无丝，脚黄色者，俗名白鹤子。又有红鹤，相类色红，《禽经》所谓‘朱鹭’是也。”

它体色全白，略带桃红色，嘴很长，头顶有冠毛，额顶和面颊都裸出，显出朱红色。它生活于沼泽、湖泊、河滩、溪流近旁，涉于浅水，昂首缓行。食昆虫、小鱼和软体动物。营巢在高大的松、杨、栗树上，每窝产卵三四枚，孵化期约一个月，雌雄鸟轮流孵化饲育。喂雏时，亲鸟将半消化的食物吐出喂食，因而雏鸟很快成长离巢。

朱鹮也是候鸟，夏季繁殖于北方，秋冬季南下。过去曾广泛分布于亚洲东部。北起俄罗斯沿海边区南部，南抵我国海南岛和台湾省，西自我国秦岭，东到日本诸岛，都有它们的踪迹。近三十年来，由于过度地猎捕，栖息的大树被砍伐，稻田被农药污染，种群数量迅速下降，已成为世界上最濒危的鸟类之一。三年前，日本佐渡岛上仅有的五只朱鹮，都已捕回人工饲养，如今还活着。我国的秦岭南坡共发现两窝计七只朱鹮，其中有一只幼鸟饲养在北京动物园里。

救救朱鹮吧！

黑白分明

鹡　鸰

白色，是廉洁纯真的象征
为什么馈赠给出卖忠贞的奸臣
瘦小身材撑着一个小白脸
无意间也激荡着我的灵魂

不需要脸上抹着黑色
用来掩盖社会舆论的视听
白的，是心灵源泉的本色
在我心上从来是黑白分明
翼端的白斑随年龄增长而增大
这恰似百丈苍松层层扩展的年轮

碧绿湖水映着鹅黄柳荫
正像是澄澈无私的心境
在我身上剐不下半块肥肉
猎手传染不上风行的眼红病
当取得伟大业绩时会翘翘尾巴
高翘起鸟类的责任感与自尊心

在抗争和退让的实践中学会游泳
啊，这门奥妙哲学足够我运用一生

鹡鸰，也作“脊令”，是鹡鸰科鹡鸰属各种的泛称，小型雀类，是常见的食虫鸟。分布于我国东部及中部，其他亚种甚多，遍布我国各地，多为留鸟或冬候鸟。

它的体形瘦小秀丽，嘴细长，嘴须较发达。细长的脚，后趾较长且有下弯的爪，与其他鸟类不同，善于在地面竞走奔驰，不会跳跃，飞行线路呈上下起伏的波浪形。停息时，随着鸣声，尾巴总是上下或左右在摆动，富有自然节奏，好像是给自己打拍子。营巢于山谷及地上的石隙间，冬天到原野越冬。

白脸鹡鸰是最常见的一种，体长 18 厘米，雄鸟上体自头后至腹际都是深黑色，胸部漆黑。翼表黑底丽有白斑，其他部分都是白色，尾羽都是黑色而点缀着白色。全身都是鲜明的黑白相间。雌鸟黑色部分较淡，背部现褐色。食物几乎都是甲虫、叩头卿、蝉类、蝗虫等昆虫。

繁殖于东北、河北和华中各省的山鹡鸰，是消灭大量森林害虫的益鸟。

特长的累赘

鸦

小白兔的尾巴长不了多少
我们却成为极大的反比例
飘带般的尾羽卷着骄傲
谁不赞赏我们特长的壮丽

享受着山林富足阳光的温煦
躺在古籍上沉沉睡了若干世纪
多少人在我们身上割去特长
啊，稀有的种族几乎濒于绝迹

特长如箭飞向无垠空间
但竟可能走进累赘的樊篱
从此以后不善行走不能飞翔
终归一天会被开除了鸟籍

年轻朋友哟
假如把累赘的毒瘤作为特长
难怪会有人在你身上挑挑剔剔

鸦，又称鸦雉、长尾雉。《诗·小雅》云："依彼平林，有某雉鹣。"它的种类颇多，主要的有：

白冠长尾雉，俗称长尾雉，形似雉鸡，但尾羽特别长，长达一米以上，以中央两对为最长，呈银白色，有黑色和栗色并列的横斑。雄的头顶、喉部、颈部均为白色。它是我国特产鸟类，分布于我国河北北部与西部，山西、陕西南部，湖北、湖南、贵州北部，四川东部，河南及安徽的西部等地的山林中。且在河北与山西已近绝迹。

黑颈长尾雉，又称地花鸡，体形比雉略小，尾特长而呈灰色，有黑栗两色并列的横斑。分布于云南省南部和西南部山地。

白颈长尾雉，俗称横纹背鸡，体形比白冠长尾雉小，因颈部灰白而得名。分布于安徽南部、浙江西部、福建西北部、江西东部、广西东北部。

黑长尾雉，又称帝雉，是我国特产鸟类，体形大小与白颈长尾雉相似，但尾稍长些。通体大都深墨黑色，面部却裸露出部分红色，尾较短，呈栗色，有黑色条纹。它仅分布于台湾省海拔1800—3200米山地原始阔叶林里。

以上列举四种长尾雉，在数量上已经很少或已濒于绝灭。它们的观赏与经济价值很高，应加以保护与发展。

心胸开朗

樫　鸟

南方的树不愿到北方安家
北方的人不愿到南方生活
我们却以五湖四海为家
踏着二十四节气巨轮到处飘泊

饮哪里的水讲哪里的话
人类的语言也得学着说
外语打开了闭关自守的铁锁
人生的道路就是不断地探索

有山珍海味也有酸辣苦涩
有清风明月也有波澜壮阔
树枝上的悬窝储藏幸福
甜蜜的梦却在风雨中颠簸

开放，打破了千年古井的寂寞
纠左，解除了我们双翼的束缚
习习鸣声与淙淙流水伴奏
世上罕有的乐曲，令人心胸开阔

樫鸟，又叫槠鸟或橿鸟。平时栖于山区林丛，营巢悬挂在树枝上，这就叫悬窝。每窝产卵五枚到九枚，卵绿色，有橄榄绿色斑。秋季才来到平原山野，食果实、种子，到处飘泊，飘泊时往往三五成群。

它是鸟科樫鸟亚科的一种鸣禽。形态有点像乌，背上赤褐带灰色，嘴和脚都是黑色，头上有黑白相交的冠毛，使头形显得更浑圆。眼缘黑，前头及冠毛之底色几乎是白色，基部几乎是黑色。喉部黑，腹部灰赤，双翼黑色，小羽有青黄色斑纹。

桱鸟的鸣声习习，听来颇单调，有时有深山与流水声伴奏，就别有风味了。如饲为笼禽，也可以教给它简单的人类语言。

不称职的秘书

鹭　鹰

不会撰写官场文章
处理往来书信
也不善于观察上司脸上
风雨阴晴
我实在难以接受
秘书鸟这个高雅名称

耳上夹着铅笔
无非是赶赶时髦
正如有人佩带手表
竟是个先天性盲人

假如叫我当警卫员
倒感到无限荣幸
遭折磨，有强壮体魄
受阻挡，凭高飞技能
钢铸的双脚
能一举击毙毒蛇——
大自然的害人精
永远为人类安详的梦境开着绿灯

鹭鹰，头像鹭，嘴强壮似鹰，双脚长而强健，跗蹠部也长，撑着魁梧的身躯，颈翼也很长，昂首站立在地上，身高约有1.3米，好像是舞台上黑旋风李逵的形象。它是属鹭鹰科的一种猛禽。

它的羽色灰，混有黑色，眼生睫毛，头的背上披着总状羽。远远看去，好像是一个人在耳上夹着一支铅笔，准备用来书写什么，所以称它为“秘书鸟”。

像兀鹰一样，它能在高空盘旋，视力敏捷，遇到毒蛇或其他爬虫类，就能一下子冲下来，或扑过去，用强健的脚乱踩，把它击毙。南非的土人认为鹭鹰能除毒蛇，有益于人类，因而禁止捕杀。

它营巢在大树上，每窝产卵二三枚，卵带赤色，孵化六个星期后雏鸟即出。

鹭鹰产于非洲撒哈拉以南、埃塞俄比亚等地的沙漠干燥地上。鹭鹰科虽列为一科，但主要的只有这一种。

被冲击的闭关自守

企　鹅

南极
一大帮穿燕尾服的士绅
尊奉最古老最封建的婚礼
进行最原始最落后的练兵
呼出气，天地冻结在一起
把守着冰冷冰冷的神圣
他们企望着、企望着
眼里冒出火星
是企求地球仪
永远不要转动
还是企求从天降下
现代的张勋

中国考察队的船舰
驶进了冰雪王国的大门
绅士们在奇妙梦境中惊醒
他们仍然顶礼膜拜
根本不知道握手、拥抱、接吻
始知不是秦汉，不是明清
中华人民共和国正向星际、海洋进军
妖魔般的仪器、设备
萦绕着现代化的灵魂

绅士们折服了
热泪洒在冰凌上

铮铮有声
让我们在水底竞飞
充当你们的“潜水兵”
寻找共同的目标
共同的心声
现代化的信息
现代化的爱情
我们早就珍惜时间
它是金钱，是生命
每天日落时刻
我们一定登岸回归
不差一秒一分

啊，时间巨轮
碾碎千年的惰性
心扉上的冰凌

企鹅，体明背面黑色，腹部白色并杂有一或二道黑色横纹，皮下脂肪很厚，两翼退化成鳍状，羽毛细小呈鳞状。它虽然是鸟，却只会游泳、走路，而不会飞翔。由于后双腿后移，站立时好像直立，行走时左右摇摆。远看，好像是位大腹便便的“绅士”。它们大群巢居于深穴，穴与穴之间有地道可通。

它属企鹅科，有一二十种。分布于从南非到南美西部岩岛及南极洲沿岸。那里，企鹅的粪堆积如山，可以当肥料。在南极，有帝企鹅和阿德莉企鹅等五种。帝企鹅最大，身高一米多，体重约 50 公斤，有“肥胖的鸟”之称，拉丁文学名就是这个意思。

企鹅一年四季每天都按日落时间归来，非常准时。归回时，颇有秩序，有领队，按原登陆点和归穴路线走。有时上万只排列在海岸上，很壮观。

鸟类学家雷赤德在繁殖区做了 973 次观察，发现被观察的黄眼企鹅中有 82％是多年性配偶，其中有一对在一起生活了十一年。企鹅眷恋故乡的精棒和善识方向的本领在鸟类中是很突出的。

色彩的琴弦

八色鸫

长期享受竹林的舒畅
剪来翠绿披在背上

嶙峋的叠石挺有精神
拾一块褐色的放在头顶

像演员的眼眉多时髦
涂一道浓墨穿过眼梢

红的热闹，黄的庄严
一一裁来贴上肚皮胸襟

还有靛蓝、纯白、淡青
不只是八色在身上合成

四面八方的情绪在心头冲击
你简直是画家的调色盘

无知小伙拜倒在你的彩色裙下
美学专家说你太庸俗愚笨

爱漂亮的年轻朋友们
色彩，也是一门高深的学问
愿你掌握你爱人心理上的特征
用美的琴弦，打动爱情心灵

八色鸫，一名韩鸫，是属雀形目，八色鸫科的一种鸣禽。广布于东半球的温带地区，我国和朝鲜都出产。在我国，分布于东南部，迁徙时经过上海。

它尾短，脚长，身上五颜六色。背羽翠绿，腰羽翠蓝，胸腹淡黄，腹尾鲜红，尾尖靛蓝，头褐色，有一粗黑纹贯穿眼部，翅上有翠绿、翠蓝、黑、白诸色。

它也是候鸟，栖息于灌木林中，营巢于幽静的屋檐或低矮的树杈间，有时也在地面迅速飞翔，也善走，在地面觅食各种昆虫、蚯蚓、蜗牛等，停歇在树枝上时往往摆动短短的尾巴。

八色鸫是受人喜爱的笼禽。新捕到时一般不敢就食，可用蜗牛、虾、蚯蚓等蠕动的饲料诱喂，等到取食后，才逐渐改用粉料，要经常注意它足趾的清洁，也要注意防冻，因为足趾冻伤脱落了，会影响观赏。

苍老的青春

白　眉

画一道长长白眉
标明年龄的苍老
免得小伙子整天来打扰

小伙子一气就走了
松涛在窗棂上咆哮
为我送去秘密的暗号

秋翁前来牵线搭桥
不约而同，双双比翼
往绿色的南方遁逃

乌发乳当了化妆师
当公鸡啼醒朝晖
稚气的青春复活了

画眉妹妹束之高阁
理想被钉上镣铐
却比不上我自由、逍遥

有一种鸟，它的白色眉状纹从眼上一直延伸到头后，显得很奇特，这就是白眉，跟画眉是亲姐妹，都是鹟科的鸣禽。

白眉，雄鸟体上部都是黑色，覆翼和腰部稍带灰青色，体的下部虽黑，也稍带灰青。腹部中央略有些白色毛。雌鸟上体大都茶褐色，有不鲜明的黄褐眉状斑，下体都是白色,而胸部及腹侧带黄褐色,有半月形的黑斑。夏季,它们栖于温带地区,主食昆虫,是保护鸟。六七月间,它们寻找草叶树枝泥土等,营造椭圆形的巢于山林中的松栗树上,产卵五六枚,色淡赤,有淡紫色斑纹。到了九月南移,第二年四月间又回归故乡。

无法洗清的侮辱

鸨

不知何处飞出断线的传说
说你们“纯雌无雄，与他鸟合”
于是老鸨、鸨母之名漫天飞扬
似乎在经营淫荡、肮脏的交易所
这如贴满大街通缉令上的照片
受到无端的讽刺、打击、谴责
辽阔的草原盛不下奇耻大辱
你用来反抗的是沉默、沉默、沉默

诗云：“肃肃鸨行，集于苞桑”
你这野雁也有雁的脾性风格
在蓝天锦笺上抒写凌云诗行
在新绿的地毯上安装警觉耳目
经受漫长道路凄风苦雨的折腾
初见面，疑是沙漠鸵鸟的同伙
不把创伤隐痛深深地埋在地下
似鹤翱翔将密布的乌云冲破

天涯海角自有知音的行客
说你们“上有天鹅，下有地珇鶘”
与其让精神棱角被磨得滚圆
宁愿剖开火辣辣的五脏六腑
就是化为花蕾，开在女人的云鬓
也比在混浊的空气中永生来得舒服

中国辞书上白纸黑字鸨母含义
唉！这简直是无法洗清的侮辱

鸨，一名野雁，比雁略大，头部稍扁，耳羽长，颈部淡灰色，背部棕色有黄褐和黑色斑纹，腹部近白色。身上羽毛延长散开像毛发。它与其他鸟类的最大不同是一般不鸣叫。

在广州动物园里饲养着的大鸨，肉味很鲜美，有“上有天鹅，下有地鶮”之称。它是跟鹤很接近的、我国最大型的鸟，一般体高 60 厘米左右，体重 10—15 公斤。它的外形与鸵鸟很相似，但能展翅高飞。它习性有点像雁，警觉性很高，喜欢成群活动，叫鸨行。早在《诗经 · 鸨羽》就有“肃肃鸨羽，集于苞栩”“肃肃鸨翼，集于苞棘”“肃肃鸨行，集于苞桑”的诗行。鸨的羽毛片大，绒足，形状别致，欧洲妇女喜欢用来当装饰品，插在帽沿上。

大鸨分布于俄罗斯西伯利亚东南部、蒙古及我国东北西部，冬季迁徙到华北及朝鲜、日本等地。主食野草，繁殖期吃昆虫，特别喜欢吃蝗虫等。巢很简陋，只是一个浅土坑，铺点干草就算好了。

小鸨见于我国天山附近一带。大鸨与小鸨属鹤形目鸨科，早已成为世界上狩猎鸟类的重要对象，但由于过多地乱捕滥打，已造成严重后果。在英国于 1938 年已经绝迹。我国的主要繁殖区——内蒙和黑龙江草原数量显著减少。它们属三类保护鸟，应大力加以保护。

快乐之神

绣眼鸟

是谁绣上洁白如玉的眼环
如筑一座幽禁悲愁的城垣
是呀，快乐之神主宰天下
多情的泪水不再决堤泛滥

在深绿丛中任性地荡着秋千
作为生命与希望的坚强信念
蜜柔柔的歌声醉倒多少青年
万紫千红的血液是不竭源泉

天赋的姿色谢绝妒忌的目光
勤奋的音韵喜迎爱慕的心弦
啊，美貌的歌唱家幽禁在此
多少急促的脚步在深思在留连

“始知锁向金笼听，不及林间自在啼。”
人们还是去体会诗人欧阳修那种情怀

绣眼鸟的眼圈被白色绒状短羽所环绕，形成鲜明的白眼圈，如绣着一层白绒线，名字由此而来。它又名粉眼儿、白日眶，是夏候鸟，属雀形目，绣眼鸟科。

它每年春夏季在我国繁殖，分布于我国东部、中部及西南、华南等地。巢为吊篮式，小巧玲珑，深藏在暗绿的枝叶间，用苔藓、细草、羽毛构成，每窝产卵三至七枚，为纯蓝或纯白色。它主食金龟岬、蝗虫等，偶尔也取食螳螂、瓢虫和杂草种子。它的嘴细小，舌能伸缩，能伸进花朵中吸食花蜜。

常见的种类有暗绿绣眼鸟和红胁绣眼鸟。鸣叫声宛转动听，令人心旷神怡。

跳跃动作千姿百态，能倒悬，又能滚翻站立在原枝，很活泼天真。

笼养的绣眼鸟很爱清洁，喜欢水浴，特别是温暖季节几乎每天都要给它水浴，还要让它接触和煦的阳光和清净的空气，保持明朗清洁的环境，让它健康地生活。

大兵团作战

鸻

是朦胧诗的构思
用现代派的泼墨
三碗浓酒下肚
管它有意无意
泼一个满天星
蓝色稿笺
复印着一篇散文
不规则的行间
露出一张红脸

小小的个体
汇集为强大的主力军
无声作战
保卫着绿色生命
俄听口兹嗞拔节声
万顷稻田又绿了几分

鸻，是涉禽目鹬科部分种类的统称。因集大群而飞翔，数以千万计，几乎遮天蔽所以又千鸟。种类颇多，我国就有十三种，多为冬候鸟或旅鸟。以昆虫及蠕虫等小的软体动物为食，足农林益鸟。肉味美，可供食用。

最常见的种类是金，迁徙时遍及全国，在我国北部为旅鸟在云南、广东、台湾为旅鸟或冬候鸟。雄鸟上下体黑色，上体有黄金色斑点，额有一长而阔的白色条纹，从头、颈侧下伸到胸侧。雌鸟体有白色斑点。栖息于河川、海岸、稻田等处。还有广泛分布于伞国水域的金眶鸻，个体稍大的风头麦鸡，习性跟金鸻差不多少，都是食虫类益鸟。

悠闲的仙女

白　鹇

红颜，红脚腿
点燃热情的火炬
熔化了残冬
疏通向往春的水渠
雪花纺织的舞衣、斗篷
波动着黛色思绪
托飞扬的梨花
寄来初夏的浓绿
多少名人墨客
赞美你
——素妆的仙女

或许是你的闲情逸致
打动人们心弦
发条松散了
时针秒针停滞
生产流水线高挂红灯
小报夹缝里钻出寻人启事
是“左”风感冒未愈
白日在作梦呓

可爱的闲客
并非对你诬蔑
悠闲不要绷紧发条
工作怎能当作休息

还是奔出这个
悠闲的小天地
回到大自然
去竞争
讲劳逸

白鹇，是雉科中形态秀丽、神态悠闲的一种鸟，又名银鸡、白雉、越禽。形状略像锦鸡，雄黑冠，白衣裳，有光泽的灰蓝色下体，尾修长，纯白色，外侧尾羽具黑色波纹，愈益显出雅洁、文静的神态。它在林中奔走时，像披着白色长“斗篷”。头部裸出部分和双足都是红色，非常鲜艳耀眼。雌鸟全身几乎都是橄榄褐色，羽冠近黑色，比雄鸟逊色多了。白鹇可驯养为笼禽供观赏。

自鹇广布于我国南方各省，栖息在高山竹林闻，筑巢于灌木丛中的地面凹处。一雄配多雌。自天隐匿在灌木草丛问，早晨或黄昏出来活动。走路时经常左右顾盼，遇到敌情，马上逃走。它不善飞，不得已时才展翅飞翔，飞不远又隐藏起来。夜间往往栖息在树枝上。它爱吃昆虫的幼虫，还吃各种果实和嫩叶等。爱沙浴，很清洁，是历代文人墨客喜欢描写的对象。

鸭科状元

秋沙鸭

利啄凿开水底天
露出一个红通通笑脸

朗读粼粼水面书万卷
深知草木四季的寒暖

双翅搏击变幻风云
预测未来原野阴晴

鸭类大族不只千百家
唯有你独占鳌头住中华

饱经沧桑，满腹经纶
你知否？濒临覆灭的命运

鸟类中没有规定计划生育的条文
愿你大胆地努力繁衍子孙

秋沙鸭，是两百来种鸭大家族中的一种，是秋沙鸭属各种的通称。中华秋沙鸭是我国特产的大型鸟类，体长60厘米以上。产于吉林长白山，栖于阙叶林或针阔混交林附近的溪流、河谷、水塘等处，常与鸳鸯混合群游水面。小型的叫斑头秋沙鸭，体长40厘米左右。它们的羽毛可制鸭绒。

它的嘴狭长，嘴缘有齿棱。雄鸟头颈黑色，上背和肩部也是黑色，下背和尾部灰色，下面白色。体型因种类不同而异，羽色变化也较多。长江流域或更南地区是它的越冬场所。它善于游泳，啄食鱼类，有时兼食水生昆虫及其幼虫。四月中旬开始繁殖，巢建在天然树洞里，垫以木屑、树叶、绒羽等，每窝产卵四至十枚。

中华秋沙鸭，属我国二类保护鸟。

下锁的爱情

犀　鸟

有人一代打虎三代卖虎骨
也有人挂着羊头卖狗肉
你把望月犀牛一只角
衔在嘴里
既当镰刀又当斧
鸟身兽头,鸣叫如驴
谁不夸奖你威武

镰刀铲除,布满荆棘的道路
阔斧劈开,参天枯木的胸脯
让爱情深藏
承受内心的温暖
避开妒忌的风雨
踏破铁鞋觅山珍
坚强垒起庭园
似锁非锁
宛如囹圄

可怜的犀鸟爸爸
撑着犀角的
几乎是嶙峋的瘦骨
你尽了天赋的职责
人间的义务
是痛楚之花
结出乐趣之果

广西南部和云南西双版纳森林中有一种珍禽，叫犀鸟，是犀科各种类的统称。栖息于干燥森林中的大树上，以果实、昆虫为主食，也食青蛙、老鼠。

每年五至六月繁殖期间。它就找个离地较高的树洞，铺上木屑、羽毛、枯叶，让雌鸟产卵；雄鸟却在外面用湿泥、树叶、果实残渣等将树洞封闭，只留一个小洞，让雌鸟和将出窝的雏鸟接受雄鸟的喂食。犀鸟喂食颇奇特，找到食物时，会将胃壁内的粘液吐出，凝成一层膜，然后把食物装在薄膜中，输送到窝内，供养雌鸟和雏鸟。雌鸟在繁殖期间，似乎是坐了禁闭。但它却很注意卫生，将污物用嘴衔住抛到洞外，还能对着洞口排粪。实际上却是为了防御天敌。

犀鸟有棕颈犀鸟、冠斑犀鸟、双角犀鸟等多种。在无边的森林中，人们遇见它，被看作吉祥之兆。它那头上的盔角，似象牙，有些人把犀角磨成带扣、耳环等工艺品.加以珍藏。上述几种犀鸟都属二类保护鸟，应倍加保护。

恩怨的心曲

歌　鸲

黑夜，睡得昏昏沉沉
你用几缕晨曦缚住歌声
穿过夜深邃的鼻孔
喷嚏里飞出稚嫩的音符
迎来了一天早起的欢腾

白昼，快速旋律在运转
累得它热汗涔涔
飞跃跳荡的心无法拴住
你用柔和催眠曲
叫黑夜早一点降临

激进者说你脑子守旧
沉默者怨你无病呻吟
无垠山野何处觅知音
你宁可隐居灌丛学虫鸣
把沉睡的土地唤醒

歌鸲，属雀形目，鸫科，是歌鸲属大部分种类的统称。体大小如麻雀，形似莺，嘴直而色淡黑，羽色美丽，玲珑善鸣。多活动在田野灌木丛中，主食昆虫、蠕虫，间或吃野果。有一些种类的歌鸲，常于夜晚啭鸣。

红喉歌鸲，眉纹白色，唯雄鸟颏与喉呈赤红色，繁殖期更显眼。雌的老鸟也略见红色。它平时歌声不十分动听，仅仅是轻微的单声，俗称“虫叫”。春季开始歌声带有颤音，悦耳动听。它在我国东北、西北繁殖，迁徙时经辽宁、河北、山东、安徽、浙江、江苏等地，部分在广西、海南岛和台湾等地越冬。

在内蒙繁殖，迁徙时在我国大部分地区能见到的蓝喉歌鸲，雄鸟的颏和喉部呈亮蓝色。中央有一深棕色斑块。它性羞怯，主要在地面活动。

还有一种脚比较长的蓝歌鸲，雄鸟上体及两翅都呈蓝色，大都隐匿于苇草荆棘间，不易发现，鸣声虽单声，但重复鸣叫时，速度较快，并不显得单调。

花木的红娘

啄花鸟

攀登红紫的山
跋涉碧绿的海
与芍药窃窃私语
跟牡丹直抒胸怀

喷着香水的野百合与你热烈接吻
浑身长刺的玫瑰跟你疯狂拥抱
百花丛中开舞会
喇叭花吹起嘹亮的小号

在欢乐的海洋中
你还是没精打采
沉重的心事
驱使你步伐加快

传递无声信息
交流炽热的爱
散布花的理想
抒发树的襟怀

花木没有辜负期待
爱恋怀着丰硕的胎
万绿丛中，万紫千红
站出了新生的一代

啄花鸟，属雀形目，是啄花鸟科各种类的通称。羽色艳丽，体态纤小，嘴短，略呈三角形，靠近顶端的啮缘具细形锯齿。营巢于山谷密林中的树上，性格活泼，或单个或三五成群穿梭子花丛树间，秋冬季往往集结成一二十只的大群活动。它觅食花芽、浆果、昆虫或蜘蛛等，有助于传播花粉，是农林益鸟。分布于我国云南、广西、广东、福建以及海南岛等地。

在我国分布较广的是红胸啄花鸟，体长 8—9 厘米，雄鸟身体前部呈暗绿色，有金属光泽，身体后部呈黄棕色. 胸部有个朱红色斑块，因而得名。

啄花鸟体型虽小，但鸣声响亮，听起来充满愉快活泼的气氛。是一种很有观赏价值的鸟。笼养最好是成对，经常给水浴，注意清洁，冬春注意防冻，还得适量喂些蜜水。

一幅现实的漫画

篦　鹭

不分寒暑
身上缀满不溶的雪花
粗粗长颈
焊着猪八戒的铁嘴巴
说夸张，并无夸张
论协调，太不协调
你的形态，简直是
怀素僧的醉笔草书
丰子恺的随意漫画

如篦的铁嘴又宽又大
吞得下五湖四海
喷涌出满天彩霞
但，你太严肃了
严肃到如一个圆规
启闭着，钻下去
向着生活的深度开挖
宛如站在地图上
每跨前一步
就能走遍天下

篦鹭，属篦鹭科的涉禽，一名漫画。

它的体羽白色，颈很长，嘴也长，约有 16 厘米，嘴黑色，看上去像一把篦。头上有冠毛（幼时无冠毛），呈淡黄色。喉部和围眼部裸出，黄色，脚长，色黑。跗蹠部颇长，后趾发达而着地，前趾的基部有膜，翼大，尖端圆钝，达到尾端。营巢于树上、岩石上或芦苇间，以小树枝、残叶等搭成，每次产卵通常为四枚。

篦鹭经常活动在沼泽河海的近旁，用坚硬的嘴探索浅水泥中的蠕虫、小鱼或植物质等。从亚洲东部经西伯利亚到欧洲都有分布。

消防队员

灭火鸟

不拨 119
不等警报吼
不换防护衣
不分恩与仇
哪里有火光召唤
就到哪里战斗

钦佩的，羡慕的，担忧的
嘲讽的，鄙夷不屑的
缕缕目光如金属丝
一齐投向那无情的火口

在烈火中
一切都化为乌有
只有你那自我牺牲精神
是镌刻在心中的铭记
永垂不朽

灭火鸟，产于拉丁美洲的尼加拉瓜，原名叫沙里特。全身披着乌黑的羽毛，栖息在水畔，两腿很长，颈和嘴啄也较细长，主食鱼、虾和水生植物。

它有一种奇特的习性，就是见到火光就往那里俯冲。有的居民主妇点火烧饭，往往被突然飞来的沙里特将火扑灭，弄得她哭笑不得。

假如谁家失火，就会有很多沙里特飞来扑火，越聚越多，虽然有的被烧得焦头烂额，有的牺牲了，但它们还是要前赴后继，战斗不息。有时火势不猛就被它们扑灭了，至少也起着减弱火势、延缓扩散的作用。因此在尼加拉瓜、不论大人还是小孩，都很喜爱沙里特，注意保护它们的巢和卵，不让别的动物侵害。

光明制造者

莹 鸟

撑着阔叶林的黑夜
走进煤井的底层
什么都消失了
连同提在手中的灯

一点火星
闪耀着浅绿的晶莹
飘过空间
袭来死的凄冷
啊,是神灯
世人等待拯救
伟大的神正云游过境
啊,是鬼火
屈死者正在奔波
寻找召唤遗失的灵魂
你,制造光明的鸟
跨出了科学大门
嘲讽人类中的无知者
发出了淡淡的笑声

莹鸟,产于非洲基尔森林。形态很特殊。它除了头部和翅膀长着几根扁羽以外,全身光秃秃的,像剥了毛等待油炸的白条鸡,而且还结着又粗又糙的痂皮。假如它头尾不长羽毛,还有嘴啄和腿爪,谁知道它是鸟类呢。

但是,它有个神奇的特点,就是夜幕降临后,身上会发出稍带绿色的光亮,像一盏光线微弱的灯。根据鸟类学家的研究和测试，证实它约略相当于二瓦的灯泡。萤火虫是会发光的虫类，莹鸟是会发光的鸟类，也是世界上唯一会发光的鸟类。过去，因为谜未揭开，引起不少的迷信传说。

美国国鸟

白头海雕

白头发闪耀着青春光辉，
你享有最高的荣誉和地位。

美国总统不知更换了多少个，
你仍坐定那显赫的宝座。

是你胸中藏着殷红的良心，
还是锐眼穿透迷蒙的政治风云？

从白鸽口中接过橄榄枝，
企图挥却人们心中堆积的阴霾。

一束利箭从武夫手中夺来，
妄想主宰未来霓虹闪烁的世界。

“硬件”“软件”一齐抓到手，
国际天平上权衡敌与友。

激光技术穿越任何星体与国度，
愿全球网络上布满鸟类的音符！

白头海雕。又叫白头鹰，俗称秃鹰，属隼形目鹰科。是一种大型海鸟，身长1米，展开双翼宽达2米以上，外貌虽颇美观，但性情凶猛，有“百鸟之王”的美称。

雏鸟头部羽色黛黑，长大后全身羽毛转为褐色，头部到颈部的羽毛却变为白色，白头海雕之名由此而来。

它产于北美沿海的丛林中，营巢于悬崖绝壁上或高大的树梢上，主食鱼虾贝类以及浮游生物。

白头海雕，是北美洲特产，也是世界珍禽之一，美国人民非常喜爱它。为了拯救它濒于灭绝的境地，美国将它定为国鸟，加以保护，并且作为美国国徽的主体。在国徽图案上，白头海雕一只爪抓住橄榄枝，一只爪抓住一束利箭，象征着和平与武力。在美国报刊、邮票、广告和各种标记上都不难看到它的图案。

高瞻远瞩

雪　鸡

玉雕世界悬云端，
万里空灵不胜寒。
羊迹追踪寻契友；
莲根拌雪供盘餐。
飞黄腾达初衷违；
远瞩高瞻智舍宽。
竞渡银河时已届，
漫游各国再联欢。

像雪莲一样，雪鸡是在雪线以上高寒地带生活的，是鹑类中体型最大的一种高山鸟类。

在积雪三十厘米的山岩地带，它跟高山有蹄类如盘羊、岩羊等一起活动，用利啄和爪翻食野羊踹过的雪下植物，如块根、球茎基等，也吃一些昆虫。平时在五六千米的高山栖息，冬季迁到三千米左右的山林中来，春风一到，又回到雪线以上活动。每年五至七月在山岩地带的草丛中筑巢，巢呈浅盆形，用草茎、苔藓、兽毛和残羽铺成。每窝产六七枚卵，颜色呈浅蓝或淡橄榄绿。

我国是世界上为数不多的出产雪鸡的国家之一，藏雪鸡和高山雪鸡都属我国三类保护鸟。

藏雪鸡，又名淡腹雪鸡，它的体色和栖息环境很相似，因此很难发现。善于飞行，但一般不愿飞，遇到敌情时疾奔逃避，万不得已时才振翅起飞。它在我国西部自新疆西南部向东至甘肃的祁连山，南达喜马拉雅山脉及四川等地留居。

高山雪鸡，又叫暗腹雪鸡，上胸棕黄，下胸和腹部暗灰，有红褐色粗纹。卵为淡黄灰或红赫石色，上面有不规则的斑点。它终年活动在昆仑山西部、祁连山脉和喜马拉雅山西部等地。

最伟大的鸟

鸵　鸟

蝙蝠属会飞的兽，
在兽类中是那么渺小。
你是不会飞的鸟，
在鸟类中堪称最伟大；
躺下，一堆沙丘，
站立，一座铁塔。
昂首鸣叫长天，
如狮吼虎啸；
扬蹄千里草原，
似骆驼奔马。
沙漠胸脯的烈火，
烧不焦希望的萌芽，
肩负着超重的抱负，
无声地走遍天涯！

极力推行“鸵鸟政策”，
蒙骗了多少代傻瓜。
你还是一意孤行：
这着棋无愧于天下。
纵观世界风云，
耳目中装着雷达；
收集全球信息，
羽翎深处藏着密码。

你以“伟大”自居，
却遇到了另一个“伟大”。

他叫仁慈披着相似外衣，
和你勾搭；
他用华丽装璜理论，
跟你谈心、对话。
你信服了，彻底信服了，
拜倒在他的脚下。
不见刀光剑影，
不闻炮轰枪杀，
呜呼，哀哉！
一位真的“伟大”，却就擒于假的“伟大”！

鸵鸟，身高达2～2.7米，体重达130公斤以上，可以说是鸟类王国中最伟大者，属走禽目，鸵鸟科。

它的翅膀已经退化，不会飞，但能奔走，一步跨出有七八米，每小时可以跑三四十公里，最高可达六十公里以上。通过驯化，它可以为人们驮运货物或乘骑，像骆驼一样，被称为“沙漠之舟”。《本草纲目》说鸵鸟：“屎无毒，人误吞铁石入腹，食之立消”。

鸵鸟系一雄多雌进行交配，卵就产在一个公共的土穴中，每个卵有三四斤重，卵壳很厚，人踩上去也不会裂碎。非洲人常用蛋壳当饭碗。孵化期为四十天，孵育任务主要由雄鸟承担，雌鸟却负次要责任。主食植物性东西，也吃昆虫、小爬虫及小兽等。

它的听视感官都相当灵敏，遇到敌情逃脱不了时，就将头钻进沙里，似乎以为什么都看不见了，安全极了。这就是所谓“鸵鸟政策”。这一词最早于1891年9月1日美国的《朴尔摩尔新闻》杂志上出现。

据说捕鸵鸟的办法颇多，最有意思的是猎人身着鸵鸟的皮毛，左手高举起拟作鸵鸟的头，右手拿着武器，还不时用左手在地面上挥动，假装寻觅食物的样子。当鸵鸟被诱来时，猎人便骤然捕获它。

根据古生物学家研究，一千二百万年以前，亚洲和欧洲一些地区曾有鸵鸟分布，我国南方直至华北地区，都有它的踪迹。那里发现有不少鸵鸟蛋化石，就是证明。如今，只有非洲撒哈拉以南的沙漠、草原上，还有一定数量的鸵鸟存在。

还有一种叫鸸鹋，是产在澳洲的鸵鸟，个体比非洲鸵鸟小，产墨绿色的卵。它集大群时会与牲畜争夺草场，因此，澳洲牧民常筑起长篱笆防止鸵鸟入侵。

其他一切鸟

会飞的是鸟
不会飞的有的也是鸟
竟有会飞的不是鸟

有的鸟类重友谊
有的鸟类讲义气
竟有的会耍阴谋诡计

鸟类王国是个万花筒
绚丽多彩，千奇百怪
不少问题等待人们去理解

人类鸟类相依存在
似植物离不开土壤
如鱼类离不开河海

百鸟朋友，让我们
永远相亲相爱
共同平衡生态，主宰时代

后　记

这是献给诗歌喜爱者和鸟类喜爱者的一本小诗集。希望得到青少年朋友的好感和批评，也殷切希望得到中年朋友以及老前辈的关注和批评。诗集虽小，前前后后花了将近四十年的时间。

我的幼、少年时代是在山区度过的，鸟类是亲邻也是挚友，在纯真的心灵中留下了鸟语花香深刻而又美好的印象。1958 年，看了郭沫若先生在《人民日报》副刊上发表的《百花齐放》，我就试图写《百鸟诗集》。当时，我正年轻，才二十几岁，有几分雄心，也就毫不自量地去追赶郭老了。于是深入了解鸟类习性，着手收集有关鸟类资料，并断断续续地写起来了。1959 年在《俱乐部》上发了六首，当时编者来信，鼓励我写到一百首，由于“左”的风不适宜花鸟虫鱼一类的作品生长，发不出去了。后来在福建地方报上发了几首。其间，写到五十多首时，曾把诗稿寄给郭老看，当时中国科学院办公厅曾写来热晴洋溢的回信，说郭老出国访问去了，鼓励我写到一百首以后再寄给他看。后来就中断了。文革中，诗稿连同有关资料全部被焚。

在党的十一届三中全会的春风里，我的旧念头又萌出新芽来。中国诗坛既有了《百花齐放》，古人也有许许多多咏百花咏百鸟的诗篇，为什么当今诗坛上不能有《百鸟诗集》呢？同时随着现代科学的发展，日益意识到保护鸟类对生态平衡的重要作用。“没有人类鸟类还能存在，若没有鸟类人类将会灭亡。”这种说法虽然讲得过分严重些，但也不是完全没有道理的。为了使全世界已知的八千六百多种鸟类，而我国居世界第一位的鸟类代表——百鸟能够在祖国上空自由飞翔，在祖国大地安居生息，让诗与科学在百鸟身上结合，于是又下决心，继续进行这一工作。《百鸟诗集》初稿写成后，得到了上海人民出版社青年读物编辑室的重视与肯定，已列入选题计划，后因书市形势的变化未能及时出版。随后集中精力主编出版了 150 多万字的新编《平阳县志》，又把这本诗集放在一边，一晃又将近 10 年了。

近年根据文艺界、科技界一些同志的意见，对诗稿作了全面的修改，并对每种鸟作了简明的介绍。有了简介，就不要对有的篇目作题解和对有的诗句作注释了。写作时，参考了《中国动物学大辞典》《本草纲目》《中国经济动物志》《爱鸟知识手册》《爱鸟・赏鸟・养鸟》《观赏鸟的饲育》《岛之巢》《鸟类趣谈》《花鸟的故事》《咏鸟诗话》《世界国鸟集锦》以及人民美术出版社和岭南美术出版社分别出版的《鸟谱》，同时收集了报刊上关鸟类的文艺作品和科学知识。此外，还参阅了古今中外有关花鸟兽禽的科学资料如《异兽珍禽》《古人咏百花》《鸡蛋也会说话——有趣的动物语言》等等。

在修改和出版过程中，十年前，中国作家协会浙江分会为作者提供了深入各地体验生活，参观访问的方便。全国政协副主席、著名数学家、诗人苏步青先生向出版社推荐了这本诗集。专家、学者及有关人士刘锡荣、曹香铱、莫洛、董希华、王擎峰、周景标、林声足、翁恩义等也给于很大鼓励。漓江出版社聂震宁、金德宣两位负责同志以及总编室魏志明同志为此书也花了很大精力。在此，均深表感谢。作者一贯不善于料理生活，以往出版了几本书，主编了《平阳县志》，都赖内人黄丽容无微不至地照料生活，所以也该提一下，这是内心真诚的表白，也是对平凡劳动的尊重。

这本诗集，在表现形式上力求多样化，新旧并存，不拘一格。但其思想性、艺术性、知识性、科学性都显得不够，有的地方可能有差错，热切祈望得到鸟类专家、鸟的知音者、诗人以及各界读者的指教。

郑立于

1958 年初稿于浙江平阳报社

1985 年修改于平阳县城言志楼

1994 年定稿于苍南县河滨公园言志楼

第五部分

附　　录

《百鸟诗集》出版发行后，海内外报刊纷纷刊发评论或选用百鸟诗。现将有关情况记述为下：

一、1995 年 5 月 7 日的香港《文汇报》发表了巴桐、张诗剑以《鸟国诗人》为题的长篇评论。

二、1995 年 5 月 30 日《苍南时报》全文转载了香港《文汇报》的评论。

三、1995 年 6 月 2 日《平阳报》刊发了香港诗人、文艺评论家张诗剑、巴桐另一篇评论《新凤胜过老凤声——评郑立于〈百鸟诗集〉》

四、上海《瑞中校友通讯》全文刊发了《鸟国诗人》的评论，并对作者郑立于年青时的情况作了简介。

五、1995 年第六期优秀科技期刊《科学 24 小时》在刊首选刊了《百鸟诗集》中的《袖珍的太阳——太阳鸟》

六、1995 年第六期《温州文学》选刊了《百鸟诗集》中孔雀、鹤等咏鸟诗。

七、《富阳报》富春江副刊于 1995 年 7 月 13 日、8 月 5 日、10 月 1 日分别选刊了多首咏鸟诗。

八、山东烟台林业专家林兆丰先生于 8 月 20 日来信高度评价《百鸟诗集》的作用，并问有关报刊推荐这本诗集。

九、北京中国法制出版社社长薛继高先生对《百鸟诗集》作了很高的评价，他说："五十年代末期读郭老的百花诗，觉其老到一定程度。已远非早年写《女神》等作品时的汪洋恣肆，风格可比。现读老兄积四十年心血之佳作，正可补我在此领域之浅薄。"

十、中国书法家协会秘书长谢云来信说，《百鸟诗集》内容、印刷、设计都好。诗的独特性和你的毅力，灵珠荆玉，可读、可赏、可贺。并嘱作者速寄诗集给他，可向有些报刊推荐。

十一、1995 年 6 月 28 日《平阳报》副刊在"妙文共赏"栏内刊发了海鸥，凤凰、太阳鸟等咏鸟诗。

十二、1995 年 6 月 30 日河南《荥阳与郑氏》报纸选刊了诗集中喜鹊等诗作。

十三、1995 年 8 月 12 日，《浙江科技报》选刊了诗集中《白腰文鸟》等咏鸟诗。

十四、老诗人莫洛对《百鸟诗集》作了高度的评价。他说:"百鸟诗胜过百花诗,百花诗好像中药铺一样,百鸟诗思想性、艺术性都好。"

十五、中国社会科学院历史研究所史延庭同志,福建省陈冻庸、孙师敬同志听说或看了百鸟诗集后,都极有兴趣,分别来报要购买这本书。我都一一赠送给他们。中国社会科学院史延庭同志还寄来二期《中国史研究》,其中有史延庭的论文《论吴文化中鸟崇拜的习俗》。

郑立于

1995 年 12 月 8 日

与鸟齐飞的诗
读郑立于《百鸟诗集》

久不读诗，近来读《百鸟诗集》，却越读越有味。

这是《平阳县志》主编郑立于先生的作品。我小时候读过他的《祖国的矾都》，那是一本反映我的故乡从历史到现实的报告文学作品。

《百鸟诗集》收入咏鸟诗 109 首，每首诗后面还附有一篇几百字的科学小品。诗，写得秀气；文，写得精美。诗集的特色，在于创新。作者将诗与科学在百鸟身上结合起来，把鸟与人、鸟的世界与人的世界结合起来。诗集写了鸟王国里的 108 将，最后一首综写“其他一切鸟”。既写古代传说中的凤凰，也写现实中团结友爱的大雁；既写森林医生啄木鸟，也写美国国鸟白头海雕；还在赣江畔滕王阁的落霞中，呼唤“孤鹜”回来。花鸟向来是我国诗人歌咏颂吟的对象，而在《百鸟诗集》作者的笔下，不再是“感时花溅泪，恨别鸟惊心”了。作者往往从生态科学的视角、人与自然和谐的高度来写生气勃勃的飞鸟，充满了现代意识，具有时代感。诗中多用拟人手法，往往想象大胆奇特，刻划富于哲理。诗的形式，以新诗为主，也有五言、七言的格律诗和民歌体，语言清新活泼。读来富有情趣，似在欣赏林中飞翔着的群鸟。

读《百鸟诗集》，既读诗，读文，还读历史。郑先生 40 年冶炼，才有了这部诗集。1958 年，郭沫若发表《百花齐放》。郑先生以一个青年人的热情，追循郭老的足迹，开始创作《百鸟争鸣》，并陆续发表了一些咏鸟诗。但在那个年代，创新是难的。现在由漓江出版社出版的这本诗集，是作者后来重写、近年修改的。步履的艰难、时代的烙印，在书中可以看出来。由此更使人钦佩诗作者孜孜不倦的追求。真是“好鸟枝头亦朋友，落花水面皆文章”。满头白发的郑先生，诗心未泯，过去的大半生构建自己的精神家园，发表了 100 多万字的作品，现在，并没有停下脚步。

香港《文汇报》曾在 1995 年 5 月 7 日发表巴桐、张诗剑对《百鸟诗集》的评论文章，文中说到：“这部《百鸟诗集》，文学价值与科学价值并存，予人以美的感受，予人以新的认知，值得一读再读。”我很赞同他们的这一看法。特写此小文向广大读者推荐这部诗集。

让我们一起欣赏这些与鸟齐飞的诗。

洪振宁

1998 年 8 月

（洪振宁，原温州市社会科学联合会副主席、曾出版多种专著）

立于兄：

尊著《百鸟诗集》已收到，很是高兴，并致谢忱！

读《后记》，知道此诗集前后花了四十年，且焚毁后又重写，这真不简单，可见老兄有坚强的毅力，令人钦佩。

这是一部别开生面的诗集，既可吟咏，又增加鸟类科学知识，实在是一种别出心裁的创造，我觉得胜过郭沫若的《百花齐放》。因郭诗硬凑的较多，少诗意，其中有的简直像中药谱。香港作家对诗集有很高的评价，是有道理的。

我在自费印一册诗集，待出书后，当奉赠求教。顺颂。

暑安

莫洛上

1995 年 2 月

（莫洛即马骅先生、温州地区首届文联主席、有多种诗歌、散文集行世，结集为《莫洛集》，与笔者曾作帝国之题）

诗人唐湜在《呵，梦幻与岛屿》一文中写着“南麂笔会”：

至鳌江的第三天，记者们：北京的、台湾的、有的去雁荡山，有的飞回家了；可我们还隆重地开了个“南麂笔会”，主人们，一位县委副书记与县文联的主席们都希望我们回去能围绕着南麂的这个宝岛写点儿什么：报导、散文、诗都可以，给他们鼓鼓劲，叫这个水族世界、风藻王国与海滨大浴场人人都知道“扬名于世界”。我们来客也都谈了自已的的打算，盘算着如何为他们这充满着新鲜灵感的宝岛写出点什么来宣扬一番，大家都有自己的点子。其实，这儿的诗人作家们也有自己的好作品。我们刚一到，不就给我们发了本漓江版的《百鸟诗集》么？可不比郭沫若的百花诗差劲！被称为这儿的“鸟国”诗人的郑立于，十我年前我就认识了，我们还一起环游过衡山、桂林，由汕头、厦门绕回家。他这本书诗集足足写了四十年，不仅为这儿的鸟儿写了一百十二首新诗，新寓言诗，而且在一首首诗后一一介绍了他们的性格、形状乃至心态，有诗，又有鸟谱，十分有趣，我真想为这位法布尔式的诗人写一首赞歌。这儿有位我称之为“鬼才”的剧作家尤文贵，发表过中篇小说，更为这儿的越剧团写了好多新戏，构思十分精奇。

自然，客人们在声望与广阔的影响方面似乎略占点优势：洛夫是台湾诗坛最亮的明星，手中就掌握着一个大诗刊《创世纪》。北京来的刘茵是《中华文学选刊》的副主编，小蕙是光明日报《文荟》版主编，懿翎则是作家出版社的小说编辑，她们都年轻能写，又掌握着各自的阵地。悟觉与浙成都是一个省作协的副主席，都是小说名家，后都还主编着浙江的大型文学刊物《江南》；鲁渤是《江南》编辑部主任，写过现代派的诗与小说，他们都出过不少部小说，得到过崇高评价。还有我们温州的刘文起也是小说作家，现在是温州市文联主席，渠川原是北京部队作家，文革时随着妻子来到温州，前年出的长篇《金魔》很轰动，已拍成电视出现于荧屏，深刻地勾画了山西票号金融世家的一段历史，现在已写好了续书，在整理中。还有区区我，48 年以两本诗集，由巴金，李健吾介绍，曾参加过当时的中华全国文协，算是九叶诗人中的一个；83 年沉渣复起，又由陈敬容、唐达成介绍，参加了中国作协，与悟觉、叶永烈、黄宗英们一起参加过 85 年的四届作协代表大会。近几年也出了几个诗集，常为《文艺报》《读书》写点评论、回忆。

我相信我们双方都不会叫主人们失望，我们的南麂笔会已谈说了各人的打算，是会有丰盛收获的，这个梦幻的宝岛在大家笔下就能发出煌煌的光彩！

唐湜先生与笔者曾漫游南国，曾有诗集多种。

“鸟国”诗人

一部诗稿，冶炼了四十载。

一个脚印，追随了大半生。

这部《百鸟诗集》，作者郑立于先生，从五十年代青衫年少写到九十年代两鬓霜花，几经磨难，几经风雨，曾遭三度退稿，打入冷宫，也曾煮鹤焚琴，付之一烛。诗稿的命运伴随着诗人坎坷的人生，几起几落。一个青年时代的梦，用大半生去追寻，四十年矢志不渝，这份坚毅，这份执著，就足以令人肃然起敬！

拂去岁月的风尘，翻开当年的日历，一九五八年“反右斗争”的急风暴雨刚刚过去，郭沫若在《人民日报》上发表了百花齐放诗作。当时年方二十几岁的郑立于受到感召，决心追循郭老的足迹，着手写作“百鸟争鸣”，很快就在文艺刊物《俱乐部》上发表了六首，编辑部鼓励他继续写下去。一纸编辑的简函，竟维系了一位文学青年的一生，这是那位编辑始料不及的。虽然郑立于听他的话，继续写也继续寄了，《俱乐部》却不敢继续发表。这不啻是当头棒喝，但郑立于已一发不可收拾。不能刊登继续写。他也曾将诗稿寄给郭老求教，适值郭老出国访问，科学院办公厅代为复函，也予勉励一番，当他写到一百首后再寄去，谁料天意弄人，待写到五十多首时，“文革风暴”突起，郑立于受到冲击。当其时，一幅黑画，一首黑诗，足以置人于死地，五十多首散发资产阶级情调的东西，足令作者万劫不复矣，他被迫焚稿避祸。

但郑立于始终“诗心未已”，“诗志未酬”，耿耿于怀。不能展笔飞毫，就腹稿默诵。一九七九年，文革浩劫一结束，郑立于默烂的诗情冬眠复苏，深藏的诗泉喷涌而出，他废寝忘食，凭记忆将腹稿倾泻于笔端，写出了一百一十一首咏鸟诗。

接着，他又耗费几年的时间，反复修改，简句炼字，查经据典，伏案凝思，“吟字一个字，捻断数黑发”，昼夜无懈。

在浙江的温州平原，诗人蛰居斗室，面对雁荡山的晨风暮霭，咏鸟，从青丝咏到白头，布衲裯袍徘徊于竹间林下，观鸟，与鸣禽互通心曲。这是怎样一幅苦吟图呵！真个是“好鸟枝头亦朋友，落花水面皆文章”。诗集脱稿后，又辗转进出几家出版社，终由漓江出版社出书，圆了诗人四十年的梦。

这部《百鸟诗集》极具特色，一部书可以当作两部书来读，既是“百鸟诗”，又是“百鸟传”。每咏一鸟，后面都阻截有一则四、五百字的注释，这些注释均可独立成章，是精美的小品。短文中作者旁征博引并融入悉心观察所得，将鸟的种类、形态、习性描绘得淋漓尽致，同时还为某些鸟“平反”，纠正了某些书本的乖谬和人们的偏见，处处可见作者的善意和严谨的治学态度。

作者在编写注释短文时，查阅了大量有关鸟类的文献典籍，诗词歌赋，同时文笔雅好，具有科学性、知识性和可读性，对于鸟类爱好者来说，从中可以汲其不少知识，读来更觉趣味盎然。

当然，这部诗集，主体是诗。它写了“鸟王国”中的一百零八将(另有一首综写《其他一切鸟》)。从诗体来看，则以新诗为主，但也有五言、六言、七言和格律诗和民歌体的信天游等。诗体风格变化多样，但诗人的美学基本是传统的、民族的。凡孵于纵的传承的诗人，一般具有这样的特点，其诗比较讲求音韵，诗的内在逻辑比较顺畅，诗的意境比较清逸。但传统诗人有一种通弊，他们往往以忧国忧民为己任，在诗中强烈地甚至乎强硬地传达某种信念，正如古代诗人所言，他们写诗是写了“上以论君主，下以淳教化”。这就难免因义伤诗。郑立于的《百鸟诗集》多以拟人手法写鸟，有所讽喻，有所褒贬，有的诗就显得生硬，虽出善意，亦令人较难接受。

尽管如此，我们仍讶然于郑立于的“诗心未老”，郑立于年近古稀，诗集中的诗绝大部分写于三、四十年前，凭记忆默写出来，有些不免积渍着那个时代“高叹派”的印渍，便也感受到诗中洋溢着炽热的激情。这种不老的诗心，缘于郑立于热爱大自然，涌尝其淡泊祥和之气而化作美丽的诗篇。

诗人写鸟多以拟人化手法，把“鸟的世界”与“人的世界”拉近。他写凤凰，把民族的理想、命运联系起来：“你从虚幻、神奇的原始年代飞来/衔着人类极力追求的祥瑞和热爱”“雨后黄昏啼哭无枝可依/几经战乱竹实低诉何从寻觅/涅槃后的你化为一团熊熊烈火/烧裂铁铸的牢笼透出春的信息”“如今驾着铁的骨骼的羽翼/乘长风到五大洲或星际间游历/捎去是千年橄榄绽开的新枝/叨回是一个晶晶莹莹的未来世纪”。这里的凤凰已不是“非梧桐不栖，非竹实不食，非醴泉不饮”的鸟，已走出虚幻神话，变成面向“五洲或星际”现代理想的化身了。

他写麻雀：“没料到/一度全族受围歼/说是破坏农业/罪同老鼠/偶尔若干幸存者/歇在高空五线谱/沉默、沉默、沉默/死寂的休止符”“只得吃苋稗种、害人虫/不信请剖腹/只因我/敢于议论、啰嗦/祸从口出”讽刺是辛辣的，剖白却很真诚，此诗写麻雀，其实也写出如麻雀一样蒙受不白之冤的人群。

还有“躺着白云，啄落星斗”的空中虎豹——鹰；“似幽咽流泉在密林中呻吟，漂白了远方征人的双鬓”的——鹧鸪;“密密雨帘/却拦不住篱外怨声”的——斑鸠;“雪花纺织的舞衣、斗篷/波动着黛色思绪”的——白鸥;“你悠闲地在船舷拍打双翅/抖落了多少离愁与思念”的——海鸥。“衔得秋出红枫一叶/撰写你的微型恋爱史”的——姣凤……细致入微的观察、大胆奇特的想象、富于哲理的刻画、饱蘸情感的抒发,在这部集子中,这类精美诗句俯拾皆是。

这部《百鸟诗集》,文学价值与科学价值并存,予人以美的感受,予人以新的认知,值得一读再读。

（原载于香港《文汇报》一九九五年五月七日文艺版）

郑立于同志《百鸟争鸣》一稿的说明

郑立于同志年轻时从郭沫若的《百花齐放》得到启示，决心追随郭老撰写《百鸟争鸣》。三十多年来郑立于同志积累资料，终于完成全集初稿。1986年复旦大学校长、数学家、诗人苏步青将此稿推荐给我社。当时由我负责审读此稿，阅后感到这本科学诗对青年获取知识、陶冶情操，从而热爱大自然等是有启迪作用的，青年读物编辑室经研究决定列入选题计划。我将审读意见告知郑立于同志，请他进行修改，并由我社出面建议中国作家协会浙江分会及中共平阳县委宣传部给予郑立于同志创作假。1987年郑立于同志完成修改稿，交与我社。但此时出版形势发生了变化，书市严重不景气，图书大量积压，出版社亏本严重，多出多亏，不得不削减编辑、出书计划以减少损失，许多有价值的书稿只能忍痛割爱，郑立于同志的《百鸟争鸣》也在其列。为撰写此稿，郑立于同志倾注了大量心血，书稿虽迫于书市的形势末能出版，但写作成果是存在的，在此，我作为责任编辑，特写此说明，以供参政。

上海人民出版社曹香秾

1993年6月

（曹香秾乃上海资深编辑，毕业于复旦大学，与复旦大学校长苏步青先生师生情深。她曾敦请步青先生为《百鸟诗集》作序，后因车祸辞世，因此一为文字，作为纪念。）

诗人评论家巴桐来信

立于宗长公鉴：

惠寄的大记暨《百鸟诗集》清样稿收到。拜读后，肃然起敬。您穷心十余载的追求，以心血凝炼了这部诗稿，衣带渐宽，两鬓飞霜，多番挫折，终无怨无悔，矢志不渝，在作学问，作文与做人诸方面都为晚辈树立了楷模。这部诗集既有诗情又有"画意"，阁文並茂，更溶入渊博的鸟类知识，给人以美的感受，认知的启迪，书成后定必精彩。郭沫若有《百花齐放》，宗长追随其足迹而有《百鸟争鸣》，双壁交辉，堪为文坛美事。

晚辈近年投笔从商，甚少拆挪管为文，但为宗长的为人为文所感召，将在香港《文汇报》撰一文，以表仰慕之情，唯恐不堪入方家之目耳。

望便中常赐教益！

编安！

晚

巴桐顿首

一九九五年二月十八日于香港

孙师敬、陈庸二先生来信

立于学兄：

大礼暨大作一并敬收，承蒙赐书，不胜感激。拜读《百鸟诗集》，敬佩久至，对一百多种飞鸟如此熟悉，写得既广且深，决非一日之功。尤其是借鸟喻人，寄予深刻的寓意，抨击社会之丑恶现实，足见学兄大有胆识，且剖析至微也。其中麻雀、乌鸦、喜鹊诸篇，讽谕维妙维肖，大有价值。今之诗人之作，多一味吹捧，不敢正视一实之黑暗一面，千篇一律，味同嚼蜡；其语言故弄玄虚，非但老妪不能解，即使是知识分子亦感罔然，起何作用乎。读《序一》《序二》我感有不足之处，序仅曰："《百鸟诗集》是科学诗，可作科普读作。"又曰："《百鸟诗集》的出版，有助于提高人们对鸟类的认识和理解。"实际上诗集之寓意刻深、面直和正视社会现实，未在序中提示其精华，此恐是序作者不敢或不便决非不屑下笔也。不知此正确否。弟学识肤浅，对尊作尚末深入领会，今后须详细学习，体会大作之全旨也。

学兄非但是一位诗人，还是一位藏书家，辟一百多平方之藏书室，是现代人所难得。瑞安昔日藏书家颇多，且将房书名命，有孙衣言（系孙之赠祖父）之玉海樱、黄绍箕之蔘绥阁、洪守一之棣花书屋、张棡中之爱山楼、项霁之水仙亭、项傅霖之球树桵、孙锵鸣之海日楼、洪炳文之花信楼、陈黻宸之饮水斋、林损之叔苴阁、吴之榆之憨楼、董元辉之传经楼、项葆桢之染学斋等等，末悉兄之藏书室为何名。我祝兄将来成为汉牛充栋的藏书家。

拙作《外国新魔术》和《中外新魔术》乃江湖卑劣之游戏文字，不登大雅之堂，既蒙青睐，以印刷品另寄，与此信同时投邮，今能进尊藏书房，亦我之荣幸也，并乞指正。

耑此敬上　　即颂

撰祺

孙师敬
陈　庸　　敬上

一九九五年十二月四日

读老友郑立于《百鸟诗集》感赋20首

叶知秋

老友郑立于兄，以其名著《百鸟诗集》惠赠。拜读之余，钦佩之至，尤其序言所云：百花可齐放，百鸟可争鸣。更觉“百鸟诗集”内涵：科学性、思想性、艺术性、知识性，熔于一体之读物，兹谨将其中一部分名鸟，用原白话诗注解与说明。加以译为格律诗或添加拙作。

今特抄录如下：

孔雀（二首）

（一）

阔步高昂披彩衣，含情脉脉似宫妃。
淡妆浓抹赛西子，不甘寂寞又南飞。

（二）

翠丽开屏示比美，徒华外表亦难真。
红绸彩服遭它嫉，久予投之必啄人。

燕子（二首）

（一）

村头今日意徘徊，旧地重游却费猜。
巢筑衔泥何处是，似曾相识燕飞来。

（二）

春来栖息玳瑁梁，窝上呢喃夏日长。
一俟秋风吹落叶，完成任务返南洋。

喜鹊（二首）

（一）

枝头歌唱即天睛，建筑高明本领精。

捕杀害虫真可贵，巢为鸠占不平鸣。

（二）

鹊跃枝头兆将晴，人间有喜可闻声。
杀虫巢筑皆能手，赢得人家格外迎。

海鸥（二首）

（一）

茫茫天水水连天，遥引导航到海边。
似有身装探测器，回翔侦察见云烟。

（二）

翼长洁白善飞翔，入水捕鱼作食粮。
日夜沉浮忠职守，高鸣低察尽汪洋。

企鹅（二首）

（一）

身穿燕尾似士绅，南极生涯每事新。
集体起居堪示范，成群结队显精神。

（二）

名虽鸟类不能飞，皮下脂肪体甚肥。
大腹便便能直立，准时出发准时归。

鸬鹚（二首）

（一）

捕鱼本领显神通，岁月生涯在水中。
每得大鱼吞难下，完成任务亦称雄。

（二）

鸬鹚却又叫鱼鹰，嘴上带钩捕可凭。
潜水功能人鬼没，渔民收入岁升增。

鸵鸟（二首）

（一）

身高体重不能飞，驯化将为作驮骑。
若遇敌情逃不脱，头埋沙里愚如痴。

（二）

体形高大属奔禽，有似骆驼沙地临。
伟大鸟王空白许，今为驮载汗如淋。

猫头鹰（二首）

（一）

捕杀夜间收获高，行踪敏捷敌难逃。
须将鼠害消除尽，免使人民再受遭。

（二）

夜行猎手亦名鹰，捕鼠高明称上乘。
若令天公能作美，必教业绩更升增。

白头翁（二首）

（一）

江南常见白头翁，双宿双栖灌木中。
饲养描图皆可赏，保持晚节亦称雄。

（二）

农业林间除害虫，鸣声悦耳藉东风。
头眉枕羽皆纯白，似见丘陵一老翁。

鹤（二首）

（一）

放鹤亭落信步游，梅妻鹤子度春秋。
仙雀驾鹤高飞去，胜似人间万户候。

（二）

繁殖龙江贵顶丹，鄱阳湖畔线冬寒。
长鸣九皋任高远，保护珍禽可久安。

林志龙诗友来信

立于先生：

承赠《平阳县志》及《百鸟诗集》，悉，谢忱。《平阳县志》洋洋一百五十万字，资料翔实可藏。《百鸟诗集》，状百鸟于一书，清新可颂马由缰，几与郭沫若先生，《百花齐放》相媲美。余爱之藏之。而一时无以为报，寄拙著《方志探论》，及所编《象山历代诗选》，请等为指教。《新编象山志》因出版较早，几无存书，存档案馆百余册，无特殊情况，不能取出，待后设法，好在不久将来有人续修，特致歉意。

顺颂

康安

有机会欢迎象山家作客。

林志龙

一九九六年七月十五日

冶炼四十载　追求大半生

——郑立于力作《百鸟诗集》出版发行

中国作家协会会员、新编《平阳县志》主编郑立于先生（副编审，苍南县人）撰写的《百鸟诗集》（计19万字）新近由漓江出版社出版发行。这是作者继出版了《祖国的矾都》《青春的火花》《南雁荡南麂岛揽胜》（合作）等书之后的又一部力作。著名文艺评论家巴桐和诗人张诗剑在1995年5月7日在香港《文汇报》品载文（题为"鸟国"诗人）称这部《百鸟诗集》文学价值和科学价值并存，予人以美的感受，予人以新的知识，值是一读再读。

郑立于先生的幼、少年时代是在风光秀丽的苍南矾山度过的，在纯真的心灵中留下了花香鸟语深刻而又美好的印象。1958年，他看了郭沫若先生在"人民时报"副刊上发表的诗作《百花齐放》，就萌发了撰写"百鸟诗集"的念头。于是他深入了解鸟类习性，着手收集有关鸟类资料，断断续续地写起"百鸟诗"来。1959年在省级刊物《俱乐部》发了六首，后因当时"左"风肆虐，不适宜花鸟虫鱼一类作品面世，作者只好作罢。在"文革"中避"左祸"，诗稿和有关资料均付之一炬。党的十一届三中全会后，作者的旧念又萌出新芽来，于是再下决心继续进行这一工作。在有关领导、专家、学者的鼓励和支持下，这部历时少十载的诗作终于完稿付梓，奉献给诗歌爱好者和鸟类爱好者。

这部诗作实践了作者为学与游历联袂，情感与作品融合的毕业格言。作者以伺已数十年来钟情山水、寻幽探胜的真实感觉，浓墨重彩抒写了"鸟王国"中的一百零八将，展现了绚丽多姿的鸟国风采。作者写鸟多以拟人手法，让"鸟的世界"和"人的世界"接轨，或讽喻或褒贬，寓有深邃的人生哲理。如写喜鹊："啊！你这极吉之鸟，享有崇高荣誉/有人善于学习，步着你的足迹/不享心理学，洞察心理/不懂观相木，看透脸皮/无中生有张冠李戴、移花接木/要晴则晴，要阴则阴，要雨则雨/站在高枝鸣高调，高翘尾巴得高飞/假如世上不存在"恐忧病"/你跟乌鸦差不多，同科同地住。字里行间，刻写了对人世间极喜不极忧的恶习的憎恨和鄙夷，並予以辛辣的讽刺和鞭苔。该诗集的另一大特色就是"百鸟诗"又是"百鸟传"。诗体上的新诗为主，间以五言、六言、七言古诗和民歌体的信天游，意境悠远，格调清逸，幽默诙谐，内涵深厚，很好地体现了民族传统诗的艺术特色。而且，每咏一鸟，后面都附上一则四、五百字的注释，对鸟的种类、形态、习性作了意丰言约、淋漓尽致的表述，达到以艺术形式宣传鸟类的目的。该诗集不愧为一部熔思想性、科学性、艺术性、知识性、可读性为一炉的佳作。

（鲍克让）

台湾朱杞华先生来信

台湾朱杞华先生看了《百鸟诗集》，写来长信表示祝贺，并寄来精美的《台湾野鸟之美》一画集，中英文对照，画面极其秀丽。

“言志楼”上一诗翁

林　艺

早就听说平阳有位老诗人，名叫郑立于，写了一本《百鸟诗集》。但是，一直无缘相见。

不久前，笔者应邀前往平阳华侨山庄采访。正巧，山庄的一个办公室就设在郑立于先生的“言志楼”楼下。于是，笔者抽空登楼访问了年近古稀的郑立于先生。

说起他的《百鸟诗集》，郑立于先生十分激动。因为，为了这本诗集，他整整琢磨了40年。

50年代，当《人民日报》发表郭沫若先生的《百花齐放》诗作时，郑老天渊之别人有20多岁。他决心追寻郭老的足迹，写作《百鸟争鸣》。他的六首咏鸟诗被《俱乐部》杂志发表后，便一发不可收。继续写作了50多首。他曾把自己的诗稿寄给郭老看，中国科学院办公厅给他回信说，郭老出国访问去了，鼓励他写到100首后再寄给郭老。

“文革”中，他被迫焚稿避祸，“诗志未酬”在当时只能默诵腹稿。直到1979年，他才诗泉喷涌，写出100多首咏鸟诗。接着，他又花了好几年时间反复修改，酌句练字。去年才由漓江出版社出版。

郑立于先生为中国作家协会会员、中华诗词学会会员。他的《百鸟诗集》共载入咏鸟诗109首，每首均附有注释。诗集熔思想性、艺术性为一炉。

平阳县委书记董希华、县长王擎峰在《百鸟诗集》序中写道：“爱鸟，是人类的天性，青少年朋友更喜爱鸟类，愿与鸟类交朋友。这本《百鸟诗集》的出版，有助于提高人们对鸟类的认识和理解。让人类与鸟类之间的友情更浓厚、更久远。”

刊于1996年9月1日《浙江老年报》